她與她未開啟的匣
LPR　短篇集
插畫　方向錯亂

她與她
未開啟的匣
NOVEL LPR
ILLUSTRATION 方向錯亂

夢、幻境、幽深的寓言，LPR以銳利的觀點解剖世界，在虛與實之間游刃有餘，在臺灣作家較少耕耘的極短篇小說類型上開拓了新奇領域。

——何敬堯

許久沒有看過這樣的作品了，從閱讀第一個字起就被生動的角色吸引，每個字都帶著古典的香氣，讓讀者深陷故事魅力中。

——八爪魚

從市井小民的過往、警世寓言到自我思辨，LPR老師為讀者打開了一只詭譎多變的故事之匣，將我們吸入其中、無法自拔。

——安存愛

目錄

CONTENTS

第一章 她的匣

鬱金香 009
破布 014
微笑 019
煙火 026
媽媽 032
匣之貓 035
提拉米蘇 061
希臘羅馬神話及其相關 081
中國神話與神怪傳說 088
印度神話、宗教及其相關 090
日本神話與神怪傳說 093
古埃及神話 096
北歐神話 099
馬雅神話 103
聖經與基督宗教 106
其他 109

第二章 他的匣

明天加油 113
踏血尋黴 133
萬聖過後 138
落成 143
10塊錢 149
獨一無二 153
素食 156
雙子 158
恆溫旅行 165
失物 172

第三章 牠的匣

農場 201
農場・續 204
獅子 207
狼與鴞 210
新的永久糧食 213
乞丐 217

第四章 祂的匣

Truth 225
冰 235
懼怕 236
黑蟲 238
正義 241
受刑人 243
不是・斷面 275
Truth・後 292
後記 301

第一章　她的匣

鬱金香

近期不堪的謠言越傳越多了，但我都盡其所能說服自己。就算朋友對我說「只剩妳被蒙在鼓裡」這般最後通牒，我依然堅持。

確實，賴爾近期來往市中心的頻率變高了，也確實在眾目睽睽下，半跪獻花給奈霓，謠言會傳成怎麼樣，也不難想像。

我告訴自己，那是躋身名藝人的賴爾，工作生涯的必經路程，是一種宣傳，讓更多人能認識他。

「就算真的是為了工作，也不必跟其他女人磨蹭臉頰吧？」

「我也會跟妳磨呀。」當朋友把偷拍到的照片給我看，我趕緊以輕鬆的語調打馬虎眼過去，嘗試略過這個話題。

「少來！」但是，朋友聽了卻更生氣：「芙裘，打從一開始妳就不該跟他交往，不該還跟錨星交往時就噴玫瑰香味的香水。」

「錨星人很好，可是我就是沒辦法嘛。」

鎦星曾說過，他第一次看到我，發現我的眼睛是亮的。若說所謂的亮，就是情感的投射，那麼我在鎦星身上，是全然看不見的。

反觀賴爾每個細微的動作，在我眼中都是那麼熠熠光彩。

「賴爾是個不值得信任的人，妳想想，一個新人怎可能竄這麼快？當然是搞手段啊，他是個很有心機的人！」

搞手段？這傳聞我早在交往前就聽說了，說賴爾做了相當扎實的公關交際，應酬所耗費的精力遠比練習技巧多上數倍，所以才能在短期內擄獲女經理的青睞，接到好工作。

「他是靠實力的。」就算這樣，我依然選擇相信。

縱使方向略偏，在與他相處的過程中，我深深感受到賴爾的努力。每日三更半夜才回家就寢，為的是事業，為的是前途，也相信他對我是專一的，與我規劃同一張藍圖。

朋友重重嘆了一口氣，似乎是認為勸不動我了，只拋下一句「隨妳」，打斷我原本還想說的話。

聽到朋友那樣對我失望的語氣，這種感覺，心很痛。

「最後一個忠告，奈霓最喜歡鬱金香香水，聞到賴爾身上改了味道，心就該有底了！」留下這句話，朋友就這麼帶著兩聲嘆離去。

空曠過頭的屋內，只留下腦海裡迴盪的全是朋友所說的話的我，滯在客廳的沙發上，許久都沒挪至他處。

待天色暗了，這才起身開了燈。順道洗了幾塊抹布，跪在地上，仔細地擦拭每一塊大理石地磚，看著抹布所擦到的……他的每絲頭髮，我都感覺到一股欣喜從胸口湧現，總想像著那些細細碎碎都留有他的玫瑰香。

當每一處角落都被我擦拭不下五、六次，這才將大門鎖好，什麼也不做地回到客廳。

直至夜已近深，那深鎖的門把才有了動靜。賴爾回來了，回到我們的共同經營的住處。

他的神情看起來很繃，我起身問他，是不是累了，需不需要吃點什麼點心。

我原以為賴爾會像前天那樣，撇撇手說了聲不，便回房間睡。

但今天的他很不一樣，看我坐在客廳，就先張開手，給我一個擁抱。這擁抱很有力道，卻讓我感覺相當不安。

我聞到了，他所喜愛的玫瑰香味消失了，取而代之，是鬱金香的香味……好重好濃。

「今天，怎麼沒噴玫瑰香水呢？」

為此，我刻意試探性地問。不過賴爾並沒直接回答我，只以他熟捻的技法，讓我腦袋無法繼續思考。

稍時，將衣服重新整好，賴爾這才開口：「真抱歉，這麼晚才回來。」

對於自己晚歸，他先道了歉。而後，從隨身側背包中取出一個精緻的小禮盒，拆開漂亮的包裝，把裡頭精巧的小東西給了我。

是一瓶香水。

「玫瑰太過濃郁，鬱金香更適合妳。鬱金香的花語，是『體貼』。」賴爾微笑說道：「這種香味，適合體貼的妳。」

當賴爾親自為我噴上香水，我的心暖了。抬頭望著他的笑容，聽著他的聲音，我更能相信了。

「送給對我來說，唯一的妳。」

即便蜚語漫天飛，我依然選擇相信他。就算我覆蓋了我的聽覺、視覺和嗅覺，我依然如此深信。

因為，若哪天不相信了，就等同認定拋棄鎦星而與賴爾交往是錯誤的，等同否定了不惜與家人、朋友決裂，多少年來的堅持……

洗過澡後，他很快就側身睡去了。對著他的背頸，我湊近鼻端細細地聞著，聞著那殘留的鬱金香香味。當聞不出什麼味道後，我離開床到化妝台，轉開賴爾送給我的香水，鼻端湊近如吸毒般大力吸著，無論多麼嗆鼻、多麼難受，硬是不停下來，我讓我的嗅覺內全是這味道，直到再也聞不出其他味道為止。

我告訴我自己，我會每天噴這香水，讓全身上下都充滿鬱金香的香味，我會一直持續相信，等著他歸來。

破布

不論交談如何甚歡，今晚回程後，我們這素味平生湊成的旅行團將分道揚鑣，就算哪天在路上遇見彼此，恐怕也不會有什麼印象吧？

開往機場的遊覽車上，導遊邊提醒登機前的注意事項、邊抓穩時機推銷最後一項商品時，我也趁此整理手邊的行李。不能帶上飛機的，直接處理掉，帶不回去的名產，直接分送給大家。

透過暈昏的燈光，我不經意地摸到背包最底下墊的一個生鏽鐵盒，鐵盒裡蘊著一團破舊、骯髒、還有密閉過久的房間那般陳腐異味的破布。稍多看兩眼，還是收進了背包內側。

這東西對我來說，不是紀念品，但我卻留著。

這破布是一個老婆婆交給我的，交給我這個能否做到她的期望都不知道的陌生人。

那時候，旅遊團來到所謂的名勝處，山腰建有文創商街，山腳是舊街，好幾間破舊小販並列。一到定點，導遊直接將旅客拉去山腰的那些新建處，絲毫不介紹那些發黃長灰的過時處。

我並未注意聽導遊介紹，只聚精會神往車窗外探，以為這些古厝就是賣點，一到定點下了車，便逕行繞了進去。

直到我發現後頭沒人跟上，前頭也沒半個同車的，這才發現不對勁。東繞西繞，還是找不著，只好獨自回到原本下車處，坐在小石柱旁，等其他人回來。

「咱你口哩，你咱來咧？（瞧你口音，你從哪來的）」就在我閒到哼起歌來時，路旁賣乾棗的老婆婆主動與我搭話。

「我是從那頭來的，旅遊。」我指指相對位置，漫不經心地這麼回。

可是當這句話一說出口，原本形如朽木的老婆婆卻猛然佇了起來，好似年輕時的熱情全都回來了。

「砸咧，砸咧，里砸咧似從那兒賴咧？（真的，真的，你真的是從那兒來的？）」

我被這聲精神驚到，些許頓挫地點了個頭。

當我這麼一肯定，老婆婆攤子都不顧了，雙手用力一擦褲管，便急忙往屋內奔去，呼叫些聽不懂的方言，後又急忙蹬上樓去。

我想，或許是通路近年才重開，我那國家的人極少會來這裡，就算來了也不太對話，我這麼突如坐在這，嚇著老一輩的人。

又或許，是我無意間失了禮節，我的漫不經心恐怕傷到她了。

就在我想換個地方坐時，那老婆婆呼地又撞出門來，顫抖的手抖出一個生鏽的鐵盒，並小心翼翼地打了開來。

「里瞧，里瞧，寺菩寺仄個兒？（你瞧，你瞧，是不是這個？）」

從裡頭亮出來的，是一張斑駁、黃褐色的破布。

「蕩蓮就似仄布，裹落延（當年就是這布，包紮我）。」

老婆婆慷慨激昂，越說越快，我的思緒都快追不上她的字句，只能以些許關鍵字拼湊她說的故事。

老婆婆說著，說著那年戰禍頻傳，她不幸被流彈打中，血流成柱，在半昏迷之際，一個我那頭的士兵給了她一塊布，有了這塊布，老婆婆才能止血，免於一死。

老婆婆說這塊布上頭有著如何精雕的花紋，是條相當漂亮的紅布。可是以我現在所看，不過是塊黑黑髒髒臭臭的破布。

然當我想敷衍說個兩句，然後轉頭離去時，老婆婆卻捧著破布，身體往前傾，混濁的兩眼對我睜得老大。

「里磅延送貴，號末？（你幫我送回，好嗎？）」老婆婆急切地這麼說，越說越快，越說越急，我壓根子沒轍，也不懂她想要我做什麼，我又該怎麼做，只能含混地說好。

「李登會兒（你等會兒）。」見我點頭了，老婆婆小心地抽出破布中的一條棉絲，小心地纏在自己左手無名指上，皺巴巴的臉上露出滿心的微笑。

「告布豪仄布似混那家的（搞不好這布是婚嫁用的）。」

雖然老婆婆這麼期待，但看在我的眼裡，那根本不是紅線，只是一條快爛掉的棉線罷了。再多聊了兩句，我才知道老婆婆希望我幫她歸還這條布，給當年那名英勇救人的士兵。

回到國內，我並沒有刻意去憑著那再模糊不過的情報去找那名士兵，我的事忙，毫無心力去做慈善。

最多去住家鄰近的魚市場找老根買鮪魚時，順便提提老故事。

「少蠢了，哪可能會那樣送紅布。」對於老婆婆的臆想，老根先笑我該換條新的領帶，黃色的太滑稽，而後擺擺手：「紅布遮臉，自殺的怨鬼才不會找上門來。肯定是那士兵強硬做完那檔事後，給那個女的用。」

「你怎麼這麼清楚，以前也做過同樣的事？」

面對我疑問，老根大笑：「別忘了，30年前我可是賣布的啊。」挺了挺彎了多年的腰，上一代的老人自信說道。

既然如此，老婆婆還將那塊足以稱作羞辱的破布攬在身邊？該不會是為了扭轉過於痛苦的經驗，肉軀的腦竄改了過往的記憶。寧可活在虛幻的幻想，且越活越真實，也不願揭開那永遠無法承受的悲痛與憤恨？

我吁了口氣，對印象中那張豆皮般發皺老臉上的幸福憧憬，我不打算戳破。最多最多，回家料理鮪魚前，先回到書房，坐到桌案，打開抽屜，取出那塊破布，再取出彩繪的工具，為破布勾勒上新的鮮豔雕花。

微笑

小女孩哭了。

她哭得好傷心，傷心到連天也為她墜下淚水。

現在正下著雨，下著大雨，存在於小女孩心裡的天空正下著滂沱大雨。

旁邊的小孩圍著圈，繞著、鬧著、笑著、跳著、玩著，誰也沒理由限制他們的歡樂。

小女孩卻一個人孤獨地在角落，孤獨到流不出半滴眼淚，眼淚都被心中的大雨所覆蓋，沒有誰為她撐傘。她也不知該如何撐傘。

為什麼會演變成這樣，她一點也不知道。

小女孩的過去，臉上只有笑容，只有最燦爛的笑容，不帶其他不乾淨的色彩，萬事皆以笑應之。

笑，都是微笑，表面上都是最開心的快樂。在她的生命裡面，彷彿不存在任何憂愁。無論奶奶從未抱過她、無論幫忙洗碗只被嫌沒洗乾淨、無論幫老師搬東西，搞得渾身疲倦，仍得不到正面肯定，小女孩依然微笑。

但從某一天開始，她不再笑了。原本乾淨的臉蛋，掛滿了憤怒。

這天到來的前一天深夜，她的笑聲吵醒了酒醉的父親。父親從不知多久沒洗的黃床單跳了下來，怒瞪的雙眼上全是血絲，他握緊雙拳大聲喝斥，要她停止笑，永遠都別笑了！

小女孩嚇壞了，過去的她從未知道「生氣」。現在她看到了，很清楚地看到了，也突然想起當父親這樣的表情一出來，當時候常說故事的媽媽立刻不再說話。她得到一個響亮的巴掌作為獎賞，一個又熱又痛的獎賞。

雖然小女孩尚未確切知道「生氣」的定義是什麼，但她至少學會一件事——那樣的神情、動作、說話方式，是可以強迫他人聽命的。

原來，過去的微笑都是錯誤的，怪不得沒有誰願意多關注她一點，父親現在的表情才是對的，才是應該要效仿的樣子。

小女孩學了父親的表情後，父親便不再罵她了，用那種很大的聲音。

翻個身，父親背對著她睡，沒多久又打起呼來了。

是啊！這才是對的。說不定，用了這樣的表情，就能讓那些小孩的視線轉向她，然後一起玩了。母親教的是錯誤的，那個和父親分開的母親。

還記得小女孩比現在更小的時候，她的表情彰顯不出任何感情（包括哭泣）。母親教導小女孩「要笑」，只要笑一天，母親就會將一些銅板投進小女孩心愛的玩具盒裡。經過長時間的教育下，終於有了不同的變化。小女孩笑了，她真的笑了。而且確實奉行母親的旨意在生活，如同微笑烙印在生命上。

她要笑、學著笑。如陽光、如秋水、如春草、如輝月。母親告訴她要這麼做，笑是對的，笑才是大家的最愛，才是母親的好寶貝，所以小女孩努力學習怎麼笑。

她想當大家喜歡的人，改變過去對她露出嫌惡表情的每張臉。然而，一天又過了一天，無論怎麼怎麼努力面帶笑容，怎麼努力發出笑聲，卻還是得不到任何效果，也沒有誰接近她。

甚至後來，連母親也離她遠去。

當母親和父親走了幾趟法院，最後將坐上其他成年男性的車離開時，小女孩笑著迎上去，母親卻避而遠之，命車加速駛離。

母親最後回首的那個表情，讓小女孩深深體會到，原來人類的臉可以扭曲成什麼樣子。

為什麼？為什麼會這樣？小女孩不懂，完完全全不懂，不懂自己到底做錯了什麼，不懂為什麼會這樣，明明自己分分秒秒都做到笑笑笑笑笑笑……為什麼還是沒有人喜歡？

所以，她現在學會生氣了，小女孩鼓紅了臉頰、瞪大了眼、拉長了脖子、張大了鼻孔，作勢相當生氣的模樣。其實也沒有什麼事讓她感到生氣。反正擺出這樣的表情，應該就有人喜歡她了吧？

自從小女孩不再發出笑聲，沉默地露出這種表情後，父親再也沒有變兇，也沒有再用那種好大的聲音罵她了，但也沒有再看小女孩一眼了。每天回到家，只自顧自地喝著一種難聞的褐色氣泡飲料。偶爾，會把幾枚銅板放入小女孩書桌上的玩具盒，充當三餐費用。

假期過後，小女孩去上學了。

當其他小朋友都是由父母牽著或載著進學校，唯獨小女孩是一個人，她以父親的表情進入學校。

小女孩心裡想著，就算這樣的表情還沒練純熟，大家還不會找她玩，至少不會再是嫌惡了。可是萬萬沒想到，當她以生氣的面容對向大家，原本就保有距離的小朋友們，彷彿看到小女孩身邊繞著一圈又一圈明目張膽的毒刺，任誰都不打算靠近，遠得彷似另外一個世界。

當其他小孩依舊歡笑地圍著圈，繞著、鬧著、跳著、玩著，小女孩卻還是接近不了，成為極端的對比。

她不知道該怎麼辦，只能繼續露出那般憤怒的神情，可是越這樣擺，心裡不知為何越是焦急。

焦急，焦躁，可是卻一點辦法也沒有。別的小孩不靠近，她也進不去；別的小孩身旁有父母，但她卻孤獨一個人；別的小孩什麼努力都不需要，彆扭一下就有糖果吃，可是她自己的呢？到底要怎麼做才好！

她不懂，為什麼沒有人喜歡她？

媽媽要她笑，她一直笑，但沒有用，所以她學了父親的面容，她一直學，可是卻還是沒有誰願意喜歡她。

為什麼……她不了解。

倏忽，一股難以言喻的情緒從胸口湧了上來，原本深藏在胸窩裡某個閘口劈地出現裂痕，一道鹹鹹的東西就這麼從她的眼角滑落了下來。

兩滴，兩行。然後就沒了。可是再等下一秒，小女孩大吼，她再也忍受不了。

鬧口被搗碎了，炸開了。

剎那之間，所有人看向了她，越是這麼看，她吼得越大聲。越是這麼吼，心頭的那股無法理解的情緒越是奔騰，情緒越是奔騰，越是無法止住那不知壓抑多久的情感。

小女孩吼著，大聲地吼著，聲嘶力竭地吼著，就像父親那樣吼著，她不要他們越走越遠，她不要大家都用那種扭曲的面容看著她，她想要跟大家在一起！

對於小女孩嘶聲的吼叫，同學們先是愣到，聳聳肩，然後就裝作沒這回事，繼續開心地繞著圈。

最有反應的是孩子的家長，他們相繼熱切地撥打電話，怒告學校老師沒有管教，大聲抗議教育品管不良。嗜血的媒體連忙趕赴現場、湊熱鬧的鄰人在校門外指指點點。

過個幾天，班導戴著口罩，親自造訪小女孩家。當班導將聯署書與診療報告書送到父親面前，勸說都還未進入正題，父親灌了一口酒，便直接在上頭簽字同意。

不過多久，小女孩住進一個像監牢般的地方。在這個無法自由出入、滿是空白的房間裡，除了玩弄手邊的玩具盒，反覆投入又倒出錢幣，小女孩不再發出聲音，也不再做出任何表情，除了身穿白衣的人會進到她的房間，與她說點話，然後從胸前口袋取下綠筆，在紙上寫了一些字外，再沒有誰搭理她了。

她不懂。完全不懂。完全不懂為什麼會這樣。

可是現在的她，已經不想再去想了，也沒辦法去想了。

煙火

這一個月下來，小郁都過著昏睡的生活。起來沒多久又想睡，牙還沒刷完就想睡，早餐必須分好幾次吃，每咬一口麵包，睡意就積上一大團。只要倒回床上，當再醒來時，往往就到下午了。天色一暗下，睡魔立刻又找了上來。

或許是因罹患憂鬱症的關係吧？她對自己解釋。

跨年那晚，她親眼看到含糊其辭爽約的男友，在煙火的照映下，擁上另一個女孩後，精神就此一蹶不振。

就像有些人不吃香菜，那個他也有一種「特別的挑食習慣」，他只跟16歲以下的少女交往。超過了，便會果斷捨棄。

或許早在與他交往前，眼睜睜看著前一名16歲的少女無助又絕望地被踹下車時，就該明曉自己終將面對相同的結局。

再過不久，她就16歲了。16歲過後，再也不是他喜歡的年紀。就算小郁自認外表沒太多改變，心智也保持在16歲以前。但她知道，無論怎麼呼喊，他都不可能回頭。

「我第一眼看到他，就知道他一定是個負心漢。」朋友對她這麼說，越說越是把他醜化。

「男人要劈腿，千百種理由。」閨蜜對她這麼說，要她快點走出那個怪癖男人的陰霾。

「如果他只在乎妳的外在，根本不會長久。」長輩對她這麼說，小郁當然知道，但她就是沒辦法，她依然執意認為是自己的錯誤，因為她長大了。

為什麼時間不能停止呢？她好恨自己會成長的身體、會長大的年紀。

小郁越想越深，越想越無法自拔，生活越來越失衡。要不是輔導主任同意讓她可以到輔導室自修，不然她早就休學了。

學校後門離河岸不遠，曾聽長輩閒聊過，說這河岸風水不好，也曾聽學長姊聊過，這地方曾有學生跳河殉情。

殉情？小郁認為自己壓根不可能選擇這麼做。連澄澈的溪都不會選擇了，何況是這灘髒兮兮的水？而且變成浮屍是多麼噁心可怕的事，那種因水而腫脹的形軀，離他所喜愛的16歲青春容貌說有多遠就有多遠。

與其讓自己變得這麼糟糕，還不如到學校頂樓種點花草，讓那些花草比葬儀社所用的色澤更鮮，還比較有意義些。

經雙親無可奈何的同意下，她不再待室內自修，而是轉移到頂樓。或許也因照顧小植物的勞動間，較能暫時忘卻因勾起記憶所造成的痛楚。就算沒有實質上的平復，她也會故意在老師與雙親面前展露笑容，避免輔導室安排不必要的諮商排程。情況若判定重了，說不定還會引起誤會，導致被勒令不得再上頂樓。

小郁早就看透那些虛假的遊戲，諮商者身體微微向前傾，手腳不會交叉或環抱，視線會刻意偶與受諮商者接觸。表情隨敘述的內容起舞變化，偶爾複誦受諮商者說的話，或討論所做的每件事的歷程，說到重點處時，就輕皺眉頭，回應「我懂妳的想法」。與其獨斷地認為這樣對她有幫助，還不如延長能在頂樓的時間。

這一天，天色陰沉黯淡，霏霏薄雨讓視線不清楚，各處都顯得潮濕，諸事都顯得不順，或許這種昏暗與疲倦，正映照她抑鬱又無法釐清的心情吧？然將書包一扔輔導室的小郁，仍執意要上頂樓。只要感覺老師有意阻止她，她就抖出家長同意書，冷冷地對這些大人說：「沒有去，會加重我的病，你負責嗎？」

上了階梯，推開生鏽的鐵門，進入尚無人的頂樓，脫下皮鞋、過膝襪，挽起袖子、赤著腳，小郁就這麼開工了。

頂樓上的那些弱小生命，若鐵門沒有開啟，他們的成長與衰敗可不會因此停止。沒有施肥，葉就會泛黃，淹太多水，根就會脹爛。

為什麼要這麼在意那些纖弱植物，小郁不曉得，只能回答自己說，它們不會因為她的年齡而改變生長的態度，也不會離她遠去，更不會背叛她，只會依著她呼吸，不會有其他變數。

且就算這些植物造成不少瑣碎的麻煩，小郁依然認為她有義務與責任繼續照顧，姬百日紅那般漂亮的紅色花朵可還沒展露。

在這時，小郁突然想起今晚廟口原本要放煙火的。還記得去年的這時候，那些鄰人接續帶著禮物登門，左呼一句賴爾右喚一句賴爾，嚷著父親的名，要身為大名人的父親在廟會這重要時刻幫忙，做些關鍵性的應酬。

不過碰上這種晦澀的天氣，恐怕不取消也不行了。

就跟那時候，明明說好跨年要一起看煙火的，誰知道會發生那種事情。

「那些連大人都沒辦法預測的事情，小孩怎麼會知道呢。」小郁喃喃自語著這句不清不楚的話，或許就是對自己的嘲諷吧。

「為什麼，為什麼會出現這麼多不能了解的事情呢？為什麼時間不能停在全都了解的時候就好了呢？」

稍時仰起頭，小郁望向天空。就算明知誰都不可能回應她，她依然想這麼問著。

然而，小郁還未釐清自身的思緒，一個不注意，小郁踩到濕爛的枯葉，一個不穩，仰身滑倒了，她完全沒想到會發生這種事。

更讓她沒有想到的是，她所倒的方向是一個斜坡，還來不及做好心理準備，就這樣滾到沒圍欄的那一面。

手攀不住，當手指在半空中畫出一個失落的半圓，小郁就這麼摔出樓外。肩膀和胸口的重物似乎同時間消失了，取而代之，是一種許久未臨的寧靜。

墜落？她的腦袋沒有想到這一層，唯當積鬱的情緒一撥開，她突然大悟，為什麼自己要誠實？為什麼要誠實地把年齡說出來？倘若一直隱瞞下去，是不是就不會被名為「拋棄」的刀所劃傷？

當這層領悟一出現，另一層領悟也隨之跟進解開。

那個女孩子，真的是16歲以下？那天他所抱住的那個女生，臉上有著妝。沒有任何人說，他又真的知道？說不定那女孩年齡比他大上一輪，早就是兩個孩子的媽媽了。

那個在跨年煙火下的新戀情，不過是包裝在虛偽內的謊言，揭開之後，淨是骯髒與汙穢。

一想到這裡，小郁的臉上隨即滿溢復仇性的笑靨。意識也彷彿穿過了朦雨和灰霧，回到跨年的那一晚，並跟在他和那個女孩的身後，看著他們上了景觀餐廳，一齊觀賞跨年的美景，然後無視他人眼光地相吻。

小郁由衷期許，願他們的戀情如那閃耀星空的煙火，璀璨卻僅一瞬。又如同她肉體的視線所探見的最後一個畫面那般——碰撞上濕冷的柏油路，隨著沉悶的一響、隨著飛濺起的雨水，綻出美艷的紅色水花。

如此地，美。

媽媽

「媽咪，又是哥啦！」小棉從二樓的房間奔出，憤憤不平地跑向廚房，跑到媽媽身邊。

「哥又欺負我了，又在說我壞話了！哥總是故意把我的東西給吃掉，還不經過我的允許，就把我的筆記本拿去用！明明是他的錯，他還對我大聲！」

不等媽媽做出任何回應，小棉用力拉扯媽媽的衣襬，嚷得更大聲：「媽咪！哥真的超級過分！他那樣那樣這樣這樣……」

媽媽聽小棉說了這些話，臉上僅有淡淡的微笑，並未因此停下手邊的工作，就算小棉又叫又跳，還把哥哥專屬的有蓋杯子砸破，依然不動聲色。

「媽咪，快點處罰哥啦！哥這樣真的很過分耶！我真的很受傷！」

似乎是手邊工作剛巧告一段落，雙手拍了拍圍裙，媽媽這才對寶貝女兒露出慈祥的微笑：「要不要吃冰？」

一看媽媽從冷凍庫取出冰品，小棉立刻破涕為笑：「好呀！我要我要！」

待媽媽幫她把包裝拆開，二話不說就把冰棒接了過去，心花怒放地跑到客廳去坐。看哥哥從二樓走下來，隨即對他吐舌頭：「你看呀，像這種只會欺負人的不會有冰棒可以吃，你活該！」

對於小棉的嘲諷，哥哥只默默走進廚房，什麼話都不說，手上捏著一本溼答答的作業簿，媽媽只瞥一眼就知道來龍去脈了。

妹妹恣意到哥哥的房間裡玩耍，又翻倒飲料，把哥哥的作業簿弄髒，所以哥哥才會生氣，才會對妹妹有那樣的態度。

「媽。」

「沒關係，我都知道。」輕輕撫摸哥哥的頭，媽媽心平氣和地說道：「已經處理好了。」

媽媽從冰箱取出另一支冰棒，也為哥哥拆開包裝。

「先告狀的，不一定是正確的，我都知道。可是……你是哥哥，你要多擔當。」

見哥哥沒有回話，媽媽又說了：「小隸，你不是說以後想開巧克力工廠？要做那種平民都吃得起的高級巧克力嗎？開工廠，就是要懂得擔當，現在就是在學習。」

說到這裡，媽媽又再摸了摸哥哥的頭：「把地上的碎片掃乾淨後，就跟妹妹道歉吧。」

「嗯。」哥哥乖順的點點頭，拿來掃具處理完廚房的慘禍後，取過冰棒，躊躇幾秒，便走向客廳。

兩腳跨在客廳桌上的小棉看到哥哥手上有冰，什麼話都不先多說，便一把搶了過去。揚起下巴，得意地舔起兩支冰來，融化的汁滴得裙子、沙發和地板都是。

「抱歉。」忍住心頭的怒氣，哥哥小心自己的言詞，但小棉並不接受。

哼了兩聲，小棉便大聲揚道：「管好自己的脾氣，你這樣亂發脾氣我真的沒辦法跟你相處，我真的很受傷！」

話說完後，小棉繼續翹腳吃冰，絲毫不管默默回到廚房拿抹布、開始跪在地上為她善後的哥哥。當小棉故意將腳放到擦地板的哥哥頭上，不發聲的哥哥望向廚房裡的媽媽，媽媽依然微笑。

微笑之中似乎告訴哥哥：「沒關係，我都知道。」

匣之貓

「不打開來，怎麼知道裡面裝什麼？」他以微笑代替句中的主詞。

「不，不用打開也知道。」而我則以搖頭替代已知的答案。

精巧的小匣子、外加深意的微笑，不管是哪個女孩子都能輕易猜出這樣的組合是什麼意思。

「這樣啊……」他看我兩手抱胸、沒打算揭開小匣子的模樣，又露出一抹新的微笑。

然在他還未說出什麼之前，我搶著先脫口：「哪有人這樣求婚的。」

連點老套的「儀式」都不做，僅用這種方法送女方戒指，我可不會埋單。

我表明了這樣的意思。不過後頭要說的就擱著了。

——看他未收起微笑，我知道他懂。

「說的也是。」他點了點頭，然後身體往後一靠——

「穗。」

這是假動作，可是當我發現他真正用意時，早已來不及了。

他比我更快一步站起身，延過桌子，直接吻上我的額。

我趕緊把他推開，但伸出去的手卻又中了他的計。他順利地拉過我的臂，並從口袋裡取出戒指、套進我的無名指。

「……！」

「打從一開始，我就知道妳不會打開。」

見我抽回束住的手指，他不慌不忙坐回對面位子，露出更新的微笑，瞧他如此游刃有餘，臉頰在這時莫名燙起，更讓我無所適從。

但我知道，「驚喜」沒這麼快結束。

「沒錯。」他微笑：「會選擇這間餐廳，理由很單純。這間的桌子大小、角度很適合，我站起來就能剛好吻到妳。」

又是這種答覆！每件事都這樣，我什麼都沒透露，他卻都知道我會有什麼動作、會在哪裡、會想什麼、甚至會發生什麼事。總言之，與我有關的所有事。

……到底是為什麼？

「所以，答應？」

指求婚？

「才不。」我故作生氣：「只是偶爾猜對，少得意！」牛頭不對馬嘴的回擊，真糗。撇過臉，用另隻手遮住被套上戒指的那隻手。

「好比來說，你猜不出來我現在所想的，是哪個巧克力品牌。」

「嗯。」他點點頭，看來是默認了。

「確實，我猜不出全部。」接著，他用眼神示意偷瞄他的我：「能不能打開它呢？」而後，將桌上的那個小匣子再挪近我一點。

這麼堅持？好似我不打開來話題就無法下去，我只能打開。

當小匣子一揭開、視線一對上裡頭所放置的東西，我倒抽一口氣。

裡頭所放的，確實就是我想的那個品牌，那個包裝鑲有金邊的巧克力。

「……你！」

「我不是說了？不打開來，怎麼會知道裡面是什麼。」

得到我的詫異神情，他又露出了更新、更新的微笑。

今天這局飯吃得很晚，離開餐廳時，街道燈光與人聲都已經淡了。

鬧區的旅社品質別太要求太多，我們揀了間相對乾淨且便宜的入場了。房間內只有一張床和一面梳妝台，他要我先去洗澡。些後，便轉身自顧自地整理枕頭和棉被，在我褪去衣物進浴室前，一刻也沒回頭。

當我再次與他對望時，他只簡單說了句「晚安」，便側躺到床邊的毯子上。他把床留給我。

整個晚上，他只背對我靜靜睡著，沒圖任何踰矩的事。幾小時前發生的——那吻，就像不曾發生，讓人些許無法接受。

無名指被套住的感覺，卻又再再提醒我記憶。

他……

……嗯。他，這麼理所當然地就在了。

對他最初的印象，大概是在國小。

那時雙親離異，我隨媽和低調登記的繼父搬到偏僻的鄉下……連車站都沒有的鄉下。

那時的我什麼都不懂，只覺得生活滿腹委屈。此時又碰巧瞥見一個髒兮兮的男孩蹲在角落哭泣——我不知道為什麼要那麼做，只覺得他哭得很窩囊，憑什麼哭、誰的境遇能比我更慘，看不下去，也就狠狠走過去，把我僅存的一包面紙塞給他。

那個他，後來就沒交集了。

再一次對他有印象，是我犯錯時。

那天，媽給了我錢，讓我買課堂要用的水彩筆。正要去買時，卻發現昨晚放在抽屜的錢不見了。我知道錢是被繼父摸去的，我不敢說。但又怕因沒帶用具而被老師記聯絡簿、告訴媽——

失去的已經夠多了，我怕現在這好不容易建於針上的平衡，會因這點小事再次崩毀。在極懼之下，我偷了別班的水彩筆。

用具檢查完後，就一直藏在裙子的紮腰內。

整個早上，膽顫心驚地度過了。

原以為事情這樣就此結束，找個機會放回去就行了。可是我沒料到，我偷的對象竟是富家子弟。

當那富家子弟發現自身財務有失，立刻動員十幾名孩子，可疑的就搜，看不順眼的就翻，誓言要找出犯人、撕爛犯人的衣、扯斷犯人的手。

我害怕了，一放學就沒命似地從校門奪奔而出。

才跑到半途，便感覺後頭有人跟著，我不敢回頭，只能跑得更用力。

到最後，雙腿終究被恐懼壓垮，跑不動了。那隱約的追逐者卻好像越來越靠近。情急之下，我胡亂地將筆埋到鐘塔左邊第三棵樹底。草率了事後，用盡最後一絲力氣，往家門死命地爬去。一撞進屋內，立刻把房門鎖得緊緊。

今天當值日生的我嫌疑最大，他們會找上來，把我拖出去，媽會蒙羞，繼父會打我，然後、然後……我害怕，越想越怕，一刻也不敢出去。

直至晚間，都沒有動靜，我才敢稍稍把封死的窗戶透開。然剛揭個小縫，便聽見不遠處傳來大人與孩子的細碎叫罵聲，我鼓起一絲絕望的勇氣，小心地探出頭，腦海裡竄的，全是該怎麼跪，對方才會原諒我。

可是我卻錯了，那些人所圍所罵的，似乎不是朝向我所在的方向，而是另一處，那些人正圍著一個瘦小的身影。

那個身影是他，那個他，他正被一團人擒住，攤成一塊紅色的破布。

……為什麼？

「好大的膽子！竟敢偷我的東西！」

……偷？一時之間我不能理解，可是再一探街燈旁籬笆、一雙雙踹罪人的腳旁有個土掘的小坑……我突然就懂了。

我懂了，我懂了同班的他為何還未到放學就不見人影，為何我直到躲入家內前一直感覺有人跟著，又懂了為何現在的他滿身是傷、被大人罵著「賊仔」。

——他買了跟富家子弟一樣的水彩筆，藏到了另個地方，又故意被發現，頂替了我的罪。

從那天、那件事之後，我注意到了他。

也突然發現，他的位子其實就在我座位旁。

我不懂他在想著什麼，也不懂為什麼要這麼做。我雖注意到他，但我們彼此依然沒有談話、沒有互動。他是被同儕、老師孤立的。

漸漸地，我習慣了這裡的環境，也開始有了新朋友，視線中逐漸淡了他，可是當我偶爾想起他，他總出現在我視線一隅，無一次不應驗。

他總是沉默，一句話也沒說，亦無靠近我，保持了一段很微妙的距離。

直至國小畢業前一個禮拜，我們才再度所有接觸。

那晚，繼父喝多，對媽動手了。我想阻止，可是怎樣也撼動不了成熟男人的臂膀。見他邊咆哮邊踉蹌地步入廚房，我知道情況不對，趕快攙著媽走。

「妳們逃不掉的！跑？休想跑！」

他揮出刀，歇斯底里地逼近。

「永遠逃不掉的！我的——」

躲不掉了，在那強壯的手臂下，根本逃不掉。我只能縮起頭，緊緊抱住媽。

然而，就在繼父快把刀砍下時，他的頭頂先流下一道血了。

繼父被突如揮出的棍棒揮打，沒多久，巨大的身體頹然倒下。取而代之，是縮小的男人軀體，是他，面帶簡單微笑的他，他高高舉起染血的棍棒，在媽打電話喚來的警察登門前，對繼父所施的暴力無一刻停歇。

那個深夜，我記得很清楚。繼父被送進醫院，而他被警察帶走了，帶走的主因不是他擅闖民宅或持棍棒傷人，而是繼父背脊所插的刀。

經過醫生急救而轉醒的繼父，軀體的狀況已無法同如過往，不僅四肢癱瘓，也再也說不出口流暢的語句了。

「逃……籠……不能……」

每日，他只能撐大著眼，對媽嚷吼破碎如電報的字眼，媽總是一句話也沒諾，總讓空間保持著繼父的聲音，就像當年——當年繼父聲音的魅力，勾走媽的神智、我的家庭……那般。

……沒落的演說家，最後的武器也沒於一旦。這樣的繼父，無法再酗酒、無法再惡言相向、也無法再對我的生命造成任何影響。但是對於媽……

曾有人勸過媽，她可以依法尋求協助，被害人又有未成年，定能成立。但媽只噙著淚搖頭，婉拒了。喃喃說著，這籠是她自己進的。

回憶暫告一段落，我深深吐了一口氣。

「會後悔嗎？」對著漆黑的天花板，我如此獨自開口。

「怎麼說？」他的聲音在下一秒回傳。

聽他低沉的嗓音，我知道，在這半夢半醒之間，他不會說謊。

「你會後悔……那時傷了我繼父，讓你失去好幾年的自由？」

沉默了幾秒，他沒直接回答我，反而問道：「那晚的事，會恨我？」

「不會。」我對著天花板搖頭。很意外，這回答比想像中輕上很多。

「反倒說……如果當時你沒那樣做，我和媽應該都還困在繼父之下吧……」這句話，我沒有說出來，只抿抿嘴，換了另一句：「你還沒回答我的問題，會後悔嗎？」

又停幾秒，聲音才從背對我的他那兒傳出，他毫不間斷地說了一連串的法條出來，絲毫沒有猶疑的語調，彷彿這段台詞，早在數年前就準備好了。

這一次，換我靜默了。

「你背了法條？」

「『背些必要的句子』，總會用上。」

「用在哪些事情上？」

「能預料到的事情上。」

聽到他這番話，我似乎理解到了什麼。

「……該不會那天繼父會喝醉、會動手打人，也早在你的預料中？」

他沒有回應，這次是真的沒有回應。

這份沉默，我懂，我知道，這是他的答覆。

而我……護住指尖，讓手心感受戒指的質，讓心頭那份複雜的思緒繼續翻滾。

約莫數分鐘，吐口氣，我翻下床，伸手把他搖醒：「起來，讓你猜猜。」

「……」

「我什麼都沒說，這樣你就沒辦法猜到我要講什麼？」

「不，我知道。」

他起了身，穿衣，一連串的動作，沒有猶豫，宛若平常。而後在一陣漆黑中，對我回首微笑。

「等我。」隨後便轉開門把出門了，沒再多說什麼，我亦沒挽留。

我什麼都沒說，他知道了什麼？他真的懂了什麼？

這一次，還是跟平常一樣？我會說什麼、想什麼，一切都知道。

也知道，該做什麼回應？

可是……看著他的背影，我很猶豫。

我自己都無法確定、保證自己所想了。

八年——他被帶走的空白八年間，我談了幾場戀愛，但感覺都不完整，都似缺了什麼，一直在同個圈子繞轉。工作兼了許多畫工，還是覺得不踏實。我與他沒有任何接觸，無論陷入如何的泥沼，我都沒想到他。他只在過去中。

可是，我卻一直受到許多說不上所以然的幫助。

再次面對相遇時，是直到了那一天。

相當偶然的一次，我與男友碰上找碴的不良少年。男友當下選擇鼠竄……不久前才誇口要去法國當傭兵的他，一個人騎車就跑了。

真的，這真的不是連續劇，但他真的就……雖說之後還是被追了回來，且被打得比原預計的還慘。

就在不良少年似乎打算換對我動手時，他出現了。

他，長高了、輪廓變深了、聲音變沉了、髮型也變了。就算如此，我依然能一眼認出他。

因為，他的臉上所掛的，依然是那抹當年傷了繼父的簡單微笑。

不同的是，這次他沒再動手。那群不良少年一看到他的影子，紛紛自動退到兩旁，他看了看我，又看了眼倒在一旁……我那個已在前一刻變成前男友的男友，沒多說什麼，便親自背他到醫院。

從那天之後，他彷彿正式進入了我的生活。

可是……沒錯，我跟他什麼關係都不是，他從未給我諾言，我也從未允諾什麼，但我卻戴了他給的戒指。

他的心裡在想什麼？我不了解。

我只知道，我所受到的幫助，更加明顯地出現。

畫室變乾淨、成品被裱框、迷路時總有人主動指引、沒帶錢時常在半途撿到錢，甚至一回到家餐桌就擺好了簡單的菜餚與熱飯。別人或許覺得很恐懼，甚至發病，但我不會，我知道都是他，他從半掩的帷幕走出來了。

因此，晚餐時我會在桌的對邊放套碗筷，接著才喊開動，我知道他不在現場，但同時又在。

想著想著，思緒又發白了。

腦中映出的，僅剩眼簾前黑得模糊、黑得安靜的天花板。

我睏了。多久了……？回來了嗎……？還是……在他回來前，先瞇下吧。

我睡著了，沒有特別的感覺，亦無任何不安。

……只是，我沒想到這麼一瞇，會讓我在凌晨接到電話，在這一生中，第三次走入急診室。

他受傷了，滿身是血。

當下的我，腦海僅僅竄過一絲意外，他的血……原來跟平常人一樣，一樣是深紅色，腸子一樣是粉紅色，骨頭一樣是白的。

原來他，也是個凡人。

那些傷是被團毆成的，是誰讓他受傷的，當時倒在他身旁的那群混混早就不證自明。一個幫派的領導者，對上傾巢而出的敵營，兩敗俱傷。

醫院能聯絡到我，是他那被刀砍得不成原形的手、用血在柏油路上畫出號碼而來的。而這理由，現在也不重要了。

看著病榻上他閉起的雙眼，以及褪去平時微笑的顏臉，我到這個時候，才看清楚了他的長相，也才發現他滿身、包括脖子上都是舊的傷痕。在這幾年間，他在哪裡？他做了什麼？我都不知道。

住進病院需填申請書，他的親人找不到，在關係人那欄上，我寫下了不會原諒自己的詞。當那欄位不再是空白，也宣告某個關係的結束。

在這之後……白天，我照常上班。下班，我會去看他。晚間，回到家中。餐桌上，不再滿放保溫的晚餐。自己做的菜，味道真的好陌生、好隨便、好糟糕。

這樣行程密集的生活，一開始——我還可以。可是一筆又一筆的壓力累加下，我快喘不過去了。

自己的食宿、需要照顧的媽、現在再加上——

為了負擔他的醫療費，我兼了更多的差，捨棄廉價費時的繪畫工作，轉而投入更快湊錢的方法，我變得好髒、好倦、好累。同時……也漸漸地，沒辦法每天都去看他。

一回到家，我只剩沉睡。

就這樣日復一日，也不知過了多久。我漸漸又忘了他的長相，忘了最初的理由，也忘了他是誰。他是誰？對我而言，他是誰？

而我，又在做什麼？

……逃……籠。

逃不掉。

不知道為什麼，看著沒醒來的他，讓我想起自殺的繼父。

死，「自殺」。

繼父離世的那個深夜，不知為何醫院裡所有的電視牆，都反覆放映著繼父當年在台上威風演說的影像，一人引領數萬目光。

嘶吼，狂叫，玻璃碎裂，重物落地的聲音，這是繼父在世上最後的「演說」。

病榻前，我趴著睡著了。

睡夢間，我作到了夢。

我夢到了他，他一如往常地面帶著微笑，與我一起坐在公園的長椅上。

我問了他，為什麼我在想什麼他都知道。比方他跟我求婚時，怎知道我在想哪個巧克力品牌。

「因為那是預料中的事。」他沒正面回答，只有露出簡單的微笑。

即便我怎麼纏他，他只再多補一句：「在到那家餐館前，所有廣告都只有瑋隸創的那品牌。」

就因這樣的原因？萬一不是呢？

回應又是簡單的微笑。

接著，他把隨身背包拉了開來給我看。裡頭放滿坊間幾乎所有品牌的巧克力。

他微笑地說道：「總會『知道』的。」

我說不出話來。

現在啞口無言、說不出話的我，就跟在繼父面前的媽一樣。

媽，這輩子都被困在繼父這牢籠裡，找不到任何出口，她一直認為是她害繼父被媒體的鎂光燈捕捉到、害他失去了工作、地位與尊嚴。又或許，早在她放棄原本的家庭，跨入另個空虛靈魂的心窩、一個未知的禁忌之地時，已注定永遠逃脫不出那座名為繼父的迷宮。

而這牢籠、迷宮，正如他所說——

……不打開來，怎麼會知道裡面是什麼？

媽嘗試開啟了，卻釀成了最大的錯誤，她不該在繼父失落時說出「我陪你」這句話。這話一出，成為永陷囹圄的契機。在繼父死後，媽進了療養院，亦喪失了語言能力。不再說話、不再嘗試了，同樣也就不會再犯下更多的錯誤。

而我呢？現在是什麼心情，又是在做些什麼？

不自覺間，我醒了，想看自己的手。

可是一片黑，我看不到。無法確定束在指上的，是什麼輪廓。

輪廓……束縛。

依稀間，腦裡的思緒總算連貫了。

四肢皆癱瘓的繼父，怎可能自己推輪椅去撞落地窗、摔下樓去？即使沒有任何人說，即使沒有任何證據，我知道的。

他為了我，解開迷籠。

……私自認定會束縛住我的所有迷籠。

從水彩筆的那一次，後來的一次又一次，全數解開。

這樣的他，是為了什麼才這麼做呢？

……不。彷彿不讓自己繼續亂想，我以另隻手碰觸戴上戒指的那手指。

在這個時候，我的思緒再次勾起那個晚上，那個他向我求婚的晚上，那抹深邃又溫和的微笑。

……「不打開來，怎麼會知道。」……

他是這麼說的，他確實是這麼說的。

模糊間，我好像懂了。所以，接下來，然後呢……然後……

嗯。

這一次。

……我，做了一個決定。

19日早晨，我向公司請假了，搭了88號公車，到了他所在的醫院。

今天，如同每次，如同沒有例外的每次。

即使不知過了多久才又再度看到，我依然不會感到陌生、不感到訝異。

他醒了。

他沒開口，但我知道。他知道今天我會在早晨來到、會向他說出我的決定。

沉默了許久的他，床是立的，他的眼發現我來，從窗扉外移到我的身上。

「早安。」我對著他這麼說。

他微笑，不過沒有回應半個字。

這是正常的，相當殘忍且諷刺的正常。受到那般重傷後，他也罹了跟繼父相同的症況。一樣的，說話沒辦法再流利了。

就算如此，我吸了一口氣，依然付諸我的決定。

「你不是說，你知道我那時在想什麼嗎？那麼說說看吧。」

那個晚上，我搖醒他的晚上。

沒有開頭，也不必有開頭。我知道他懂。

過了這麼久，這麼久的等待，也該等到他的回覆。

他只有微笑，不做出任何回應。語言變不流暢，很難把話說清，還是選擇不開口、選擇沉默嗎……他沒有說，我也不打算追問。

沉默，可是這並不代表他沒有答案。

他的沉默讓我知道了他的答覆，不用再逼了。

為此，我換了下個問題：「我像什麼？」

「貓。」他回答，毫無遲疑。

「為什麼？」我問。

他照樣保持著微笑，從白色床單內，遞給我一個精緻的小匣子。

這一次，我不再猶豫。

我打了開來，這次裡面什麼也沒放了。

「因為打開之後，我知道不在裡面。」醫生診斷無法再正常說話的他，流暢地開了口。

很簡單的一句話，跟他受傷前寡言的語調，沒多大的不同。

也同樣地，想表達的真正意思，藏在字句好深好深的裡面。

換做別人，可能永遠無法理解是什麼意思，可是我懂。

他懂著，我能懂。

他會說我像是貓，是比喻著「薛丁格的貓」、我首次得獎的那幅作品。

——沒有打開來，就無法確認真實。

沒有進一步去做，就沒有辦法確認下一步究竟能不能走下去。在匣打開來之前，什麼都不知道。

薛丁格的貓設定了生與死，而他也設定了兩個反比的選項？

然而，其實兩個答案都是在。

對。都……在。

也同時代表了，可能兩者都不存在。

匣製作者的他，早就知道匣裡放的是什麼，早就知道縱使持續付出，再跟我下去也不會有結局。

就算如此，他還是趕在我的前面，不斷為我製造著他早預先知道結果、結局的匣。確實，那些被揭開的匣並非每個都如他所預期，都是他希望我看到、想到、說到、做到的。

也因此，每一個被我揭開的匣，其實都是他為每個契機、每個關鍵、每個狀況所準備的千百個……其中之一。然後……

「當晚，穗想說的，是『你從沒說過你喜歡我』。」

我知道，他現在所設的這個匣，我明明知道裡頭放著什麼，但我卻抗拒開啟，寧可不斷猜著，預期著。但是現在的他，卻自己解開了。

我梗住直衝上胸口的悸動，將心中的疑惑壓出口。

「說那麼流利……真的是被診斷說腦……」

……不。我錯了。

不必問，我應該是知道為什麼的。

「背。」他簡單地，這麼回答我。

他打從一開始，就知道我今天會來，也知道接下來我會說什麼，他知道匣內的貓已不再疑惑，將要動作。

我知道的，他不想。

就算如此，我依然決定親手接下這個過往從未提及、封存最密的匣。

決定好的決定，就不會再改了。

而他——我知道的。即便裡頭是空的，依然知道裝什麼。

我將手伸出、戒指拔了下來，放回那個床旁被我打開的空盒子中。

並且蓋上。放上他的掌心。

然後……

謝謝……對不起。

我，是他的迷籠。

他會義無反顧地耗上所有時間、金錢、精神，理由不用贅述，都是為了我。

是我束縛住了他，他離不開他所設下，名為「穗」的迷籠。

他知道的，他知道自己身處何方，他早該能夠脫離我這個迷籠，可是他選擇繼續，為著不會有結果的路繼續走下去。

所以，他混了幫派、刻意創造仇敵、造成重傷、昏迷不醒，這些……都是預期的？都是為了能夠延長、持續著我們之間的關係……所做的種種？

他早就都想好了，都準備好了，為的就是讓最後的匣永遠保持空的。

放下戒指。這是，我唯一能為他做的事。

看到抿住唇的我，他沒再笑了。取而代之，是比笑容更加像笑容的「笑容」。

「能否再開『一個』呢？」他說著，用眼神示意了我，要我幫他，幫他將床頭櫃的抽屜打開。

我照做了。

抽屜很輕，裡面只有兩張格式相同的紙卷。

「……」看那紙面，我說不出話來了。

明明我們什麼都不是，但他卻期望不可能的事。同時，也早為該來的結局做了準備，最傻、最傻的準備。

是離婚證書。

「簽吧，好嗎？」

我搖頭，我很想搖頭。

這是什麼？這算是什麼？他心裡所想是什麼？我的決定又算是什麼？

好傻。

真的，好傻。

「算是，我們間，我要妳打開來的，最後一個。」

簡單的微笑，一如常態。他以這個微笑，送走了沒有再回頭的我。

遮蓋了他不過多久、將離開人世的事實。

他離開時，沒有人帶走他。是我接到醫院的電話才知道的。

他的離開，好簡單。聽說他離開時，臉上是微笑，手裡捧著一個小匣子。那個精巧的小東西，不……我沒有打開來，只同放在他最後所棲的甕裡。那個永遠不可能脫離的籠。

空白。中途。

我已記不清楚是為什麼了，我只記得到後來，我到了他近年所住的地方收拾遺物。他所住的地方，仍是我們小時候所在的鄉下。房間裡幾乎沒有東西，抽屜裡，也只有簡單的幾張照片，全都跟我有關，還有剪貼的報導，一些我的篇幅。

鄉下。當年的籬笆已經不在了，那所小學也因少子化被併掉、消失了，可是當年埋藏筆的那棵樹，還是在的。

當年藏水彩筆的地方，鐘塔左邊數來自三棵樹，我還記得，那是一切的開始。看著那老樹，我突然有股衝動。

走過去，彎下腰，掘開土，這麼多年了，筆早該腐了、早該消失了。

可是，我就是知道，我隱約知道些什麼。我動手，挖著，挖著。挖到最後……

我沒挖到筆，只挖到一個匣子。

…「不打開來，怎麼知道裡面裝什麼？」…

他的話。

不知為何又迴盪到了我的內心。我打開了，雙手顫抖著打開了。

裡頭所放的，是支全新的水彩筆，以及一包發黃皺爛的面紙。

……騙人。

……他騙人。

那時打開的抽屜、簽下字的紙，根本不是最後一次，不是最後一次放置的匣。

我知道的，他知道的，他知道著。即使壽命耗竭，他仍為我未來的生命放下一個又一個未揭的匣。

等著我，待著我。

單單純純，簡簡單單。

他一直都在，只是我一直沒有發現——原來真正被困住的，不是他，而是我。
但……即使我是隻深鎖在迷籠中的貓。
我會走出來。總有天，我一定會走出來。
可是在這之前，先讓我哭，可以嗎？

提拉米蘇

沒有任何神話能夠砍斷，真的，永遠不可能砍斷……妳所帶來的，甜。

就算我罪如伯多祿曾否認，但那甜依然再再喚起。可是，到底該從哪裡說起來，這段記憶比赫西俄德所闡述的卡俄斯更加混亂，卡俄斯是宇宙形成前，連光不存有的一片黑暗，但我卻連半點邊都碰觸不到。這會是持斧羅摩對迦爾納忘卻所得一切的詛咒嗎？

該要怎樣，才能搗毀這樣的詛咒？難道只能像卡珊德拉那樣，死亡後詛咒才得以告段落？乾脆，就這樣吧？

就讓我砍，不斷砍，砍碎我心頭那些牆、那些枷鎖、那些硬鎖住過去所有的一切阻礙。

砍下去。砍、砍、砍、砍。

到底要從哪裡說起才好？就從那裡說起了。

打開冰箱、櫃子，拿出材料，器皿。甜的器皿。蛋黃、低筋麵粉、少許無毒的油、可可粉、泡打粉放入。

再添上一些妳會喜歡的蜜釀咖啡豆，攪拌。攪拌進幸福。

妳說過的，妳會幸福。因手的溫度，使妳感覺到溫暖。

冬天時，在室外，妳常常把雙臂懷在我的後頸上，汲取我回過身的擁抱。在室內，妳總趁我不注意，把頭埋進我的外套裡，又再趁我疏於防備，悄悄咬了我側腹一口。

「好吃！暖呼呼的。」妳總是這麼說。

夏天時，妳怕熱。我的手並沒有北囂人面鳥那吃了得以治療暑熱的功效，但妳依然喜歡磨蹭我的手，而我的手指也喜歡順著這勢從額頭撫過妳柔順的髮絲。

被我這麼一撫觸，妳總是咯咯地笑了：「手也甜甜的。」

說著，妳總會主動剝開我的衣服，找尋比夏天更熾的熱氣。當我伸出的指尖，點在妳那柔軟的左胸前，妳總會咯咯地如赤子般笑出聲來。一吐一息之間，我多麼希望我能是噎鳴之神，得以孕育時間命其停歇於此刻，能挑弄妳一點。

妳的美若是廣延天女，那我的期盼則同洪呼王，我願彼此為永恆為合抱樹，讚頌同首祈禱之歌，不願讓任何雷霆拆散。

砍、砍。

真的要說紅色嗎？紅色的血與肉？

看到紅色了，深紅色的，裡頭還會有白色，慢點，還沒有。先是褐色，再來紅色，再來白色，再來什麼都不是，只是缽。

蛋白，開始打發。一點一滴地，就像是每每在這椅子上做的事情一樣？椅子，位子。那個椅子是屬於妳的位子，一直都沒有丟掉。為什麼要留著？因為底心依然期盼妳會回來？不可能，金羊毛早不在了，阿爾戈勇士不可能再登岸，啼血的杜鵑也喚不回，空讓心底那掌管愛與慾的阿芙蘿黛蒂劇痛萬分。

砍不下去，為什麼？旁人都竊笑了，笑到壞了胸肺，恐怕連哈碧也看顧不得。

妳微笑，妳總是喜歡吃甜甜的東西。我微笑，總是做著妳所喜歡的食物。

一開始我找不到訣竅，老是失敗，乾乾又硬硬，苦澀又粗糙，我多麼希望這些失敗品就像奧維德的《歲時記》那樣，在未成前就先被流放。但妳總是一手捧過，並滿懷欣喜地放進小巧可愛的嘴裡。

「好吃，甜甜的！」

我因這樣的表情而滿足，而感到欣喜。沒錯，我就是被那有著小小酒窩的笑容醉倒了，少彥名亦為之傾頹。

還記得第一次順利做出提拉米蘇，我用小湯匙餵了妳，妳用小巧的嘴巴接去，當那甜甜的奶油還留在嘴角邊，我湊了過去舔舐乾淨，當回過神時，我的舌已與妳的舌交纏了，伴著提拉米蘇的柔軟、濕滑、以及甜。

歇息時，我睡在習慣的左邊，而妳也躺在習慣的右邊，然後面向左邊，很近很近地靠近，讓彼此的髮梢搔撥彼此的頸肩。這是最簡單又極致的幸福。

但，又為什麼我現在會如此像赫克特的遺孀諸類？一次又一次，那些冗長又激昂的每一天，彷彿都如隔世。

砍、砍、砍、砍。

砍不掉。一直砍。一直砍。感覺心神都快扭曲地傾向貝耳則步，我依然不想停止。

砍、砍。停不住地砍。

打發後，放入糖。

那天，我不動聲色地去市公所領了單子，放在床頭的櫃子裡。讓這單子仿效當年的龍樹，暫時隱身在最危險之處。

就算法律與世界不允許，無論保祿或其後輩如何對此等順逆做了詮釋，我依然祈願弗麗加的祝福，讓這單子在我和妳之間成立。

這張單子，我等著吹妳蠟燭的那一天，也期待著哪天妳自己發現。我們將成同兼雙親之職，創造最具靈性的父母同體。

攪，攪拌。我的心臟。掌管終結命運的阿特羅波斯，祢為何剪去我名為靈魂的生命線呢？

那一天，妳晚歸了，妳說與朋友們去舞廳。

漂亮的出門，配件是我伴著涅伊特所準備的，連身洋裝背後的扣子是我親手一顆一顆扣上的。回來時，衣服亂了，背後的釦子少了兩顆，是被誰蠻橫扯開？頭髮亂了，左耳的耳環不見了，連妝有點亂了，我給妳的髮髻也不見了，背包上多出了陌生的指紋，鎖骨上有瘀痕。

我靠過去，想碰妳。碰妳是要扶妳上床休息，我知道妳累了。

但，妳像被什麼厭惡的東西碰觸到，甩開了我的手。

就算我再說了什麼，妳都沒有理會我，逕自鑽進被窩裡。我戰戰兢兢坐到床邊，想妳是冷了，怎會把被窩縮成這樣，我也鑽進被窩，拉住妳的手，讓妳的手去碰觸我，讓妳溫暖。

但妳依然甩開了我的手，芭絲特讓這發生了？

「手好冰。」妳這樣說了。

對，就是這雙手。我好討厭的這雙手。若仇恨得以具體呈現，是不是能像宇能治比古命那般，因憎恨而在北方出雲之海興起海浪？

被厭惡的？被嫌棄的？被說成了什麼？記不住。無法記住，那時候妳的表情，我的動作。

翌日，妳起得很晚，我為妳準備好醒酒的番茄汁，妳最喜歡的提拉米蘇作為早餐，等著妳。但妳一起床，便甩開棉被，搖搖晃晃地撞進浴室，接著把浴室的門反鎖了。我只能在門外側聽到碰撞的細碎聲、淋浴聲、嘔吐聲，我敲門希望能進去，別讓我的擔心在門外無限膨脹。

當妳好不容易把門打開來，我嚇到了。妳怎麼會如此憔悴，是誰欺負了妳？妳沒有說話，隨意換了衣服就出門了。到了下午才回來，帶了一些藥回來，我問那是什麼，塞爾凱特是否傳達什麼訊息，妳怒視我，告訴我什麼都別問，吃完就翻回床上睡了。

到底怎麼了？在妳的身上，到底發生了什麼事？這超越史芬克斯之謎的疑惑，俄狄浦斯早已頹敗，代表智慧的密涅瓦能否解答？

不可能得到這樣的結論，永遠不可能得到結論。

妳，曾是降生我那白冷心底的猶太人之王，現在依然如是。但究竟是哪個黑洛德，破壞了我的光、我的君、我的主，使她必須背負那樣的痛苦？我何嘗不願以普羅米修斯式的軀體痛楚、薛西弗斯式的精神勞罰來代替她呢？

就算迦爾納那般受盡屈辱，我也甘之如飴。但是，這些都不夠。

砍、砍、砍、砍。砍不掉。

是吸管？是管子？館子。吃館子。那時候，心神不寧的。

在那天之後的一個星期，妳搬出去了，沒有跟我說明理由是什麼，也不告訴我，妳搬到了哪裡。一個月之後，妳主動聯繫了我，到一家館子去。

我有著很多的問題，但我不願多去揣測，我知道，妳是我最動人的潘朵拉，亦帶給我裝滿奇異恩典的盒子的女神，那盒子揭開之後，將一發不可收拾。

那天，我提早了兩個小時出門，從家門到館子這條路不遠，可是標榜輕盈的高跟鞋，怎會像灌足了鉛，越走越沉重。

一到那館子門口，我沒先進去，我在門口等著、來回繞著，高跟鞋不斷發出叩叩悶響。約定的時間到了，依然等不到我想等到的人。等不到，我只能繼續等。

當我好不容易望見妳的身影，我卻不敢靠近，也無法靠近。戴摩斯別再過來了，福波斯也是，祢的神諭不足為懼！

他來了，妳跟我介紹了他。他，就是那個他。

那個剝下惡劣之皮、而傷了我的天服織女的他，不配奉獻萵苣予敏之神的他，那個褻瀆三輪明神、粗糙地造了齷齪紅箭的他。

妳低著頭，不敢多說一語。妳的臉色很蒼白，絲毫沒過去充滿活力的血色。他則拉著妳，偕著我一同進去。我不知道妳如何向他介紹我的，我也不想知道，是哪個狂傲的維科布．卡庫伊科斯，如此理所當然地想搗毀與征服妳我的世界，只認隨這些詭譎與未知持續蔓延。

當前菜與湯上桌，他不顧妳與我，逕自搖起湯匙，但才啜了一口，他就噴吐了出來，噴得滿桌滿衣都是。

「這是湯？太甜了吧！」

故意的。是我故意的。夏基就該接受火刑，他並不會知道，在等著他挾著我的光輝來之前，我向這裡的廚師說了什麼，要求廚師加了什麼，或改變餐點如何。

我看到了妳低下頭，為他擦拭衣襟上的污漬，默默地。離開館子前，妳在雙手插口袋的他前頭付了錢，離開館子後，小心地跟在他的後頭，一步也不敢超前，小心地低著頭，連路過的女人、男人都不敢多看一眼。

我沒有多說什麼，只默默地看著妳為他所做的種種，還有妳的眼神。我已經無法分辨妳的眼神中，帶有的是疲倦、無助、喜悅、拒絕還是求救了。

我說過的，我的願望就是妳要幸福。其他的，別無所求。

砍、砍、砍、砍。

回憶可以砍掉嗎？為何我的腦裡要住著掌管記憶的謨涅摩敘涅？砍不掉。為何不能像梅杜莎的頭顱那般果斷掉落呢？掉落之後，是否能以右翼之血療癒呢？

過了這天後，我無法再安心入眠了，海姆達爾知道守護什麼，但我卻什麼都不知道。每夜昏昏沉沉著，總做著囈語的夢，夢中不斷反覆擦過許多片段的畫面，但起床後什麼都不知道了。這會是掌管夢的摩耳甫斯開的玩笑？又或者是誰在懲罰我，因我做了等同加音重罪的錯誤？

我忍受不住，我打了電話給了妳。約了妳出來。妳很遲很遲才赴約。見到了妳，我先把妳最喜歡的提拉米蘇給了妳，看到提拉米蘇，妳的面容總算恢復少許笑靨。當細密的甜滲入舌尖，妳笑開了，就跟小孩子那般純真、天真，如此地讓我陶醉與心痛。

妳喜愛甜食的笑靨，就是我的奧義書，我的《薄伽梵歌》，任誰都比不上。稍時，我們彼此話了家常，直到黃昏日落，我才提出……我想知道他是誰，那個他，未來會代替我給予妳幸福的人會是誰。

一提到他，妳的面容馬上就變了。方才的喜悅，彷彿不曾存在。

我要妳冷靜，要妳告訴我，他到底是個怎麼樣的人。

但妳冷靜不下來，我知道妳拒絕開口闡述，我知道妳想逃避，但不能逃避。我知道今天如果沒有說，以後就不會說了。我按住妳的肩膀，以輕聲希望妳冷靜。看著妳這個樣子，我比誰都想放聲大哭，可是我忍著。

待妳稍許緩和了，我說了。我尊重妳的選擇，就算初始是費雷與葛德，倘若他對妳好，父母又沒意見，那就別顧慮我了，讓我當那史基尼爾就夠了。若他問起我是誰，說我是妳的朋友就夠。

當妳答應了我，妳會幸福後，我喝下了最後一杯茶，付了帳，離開了。就算我沒有離開，妳最後還是會選擇離開，我自斷了這條線，最惡劣的罪刑，就讓我來擔。

砍、砍、砍、砍。斷了。換了。繼續砍。晚安。

將牛奶加熱，加入那粉，還有那粉，以及那粉，最後加入一點點的催化劑，還有咖啡粉。

攪拌，攪拌進打好的鮮奶油中。

這個房間，這間公寓，這個地方，氣味都還在，到底過了多久，赫利奧斯所駕的艷陽，都不知輪轉了千千百百次。為什麼氣味都還在，但也不知曾幾何時，這陣甜甜的氣味被覆蓋了。

被塵封的氣味覆蓋。被屎尿的氣味覆蓋，被不知多久沒有倒的垃圾味覆蓋，唯一沒有變的，是室內的擺設，是那個永不挪去的椅子。

那個椅子，是妳的。妳總是坐在這個位子上，看著電腦，與他人聊天，看著其他人的部落格，咯咯地笑著。

現在，我坐著。坐。做。

八咫烏已死，赫墨拉都忘卻交替之處，剩下了什麼？全都是阿波菲斯歡愉的歌聲，我到底在做些什麼？在凱布利不再甦醒之時，還能渴求著什麼？

砍、砍、砍、砍。砍不掉。一直砍。

我總是從另一處的角度，看著妳幸福的表情。

「好甜！」妳總是微笑。

「好好吃！」妳總是這麼說，那些比阿斯嘉特更加輝煌耀眼的字句。

不知多久，不知過了多久，已經無法計算的時間裡，我到底坐在這原該屬於妳的位子上多久了？陽光。豔陽。黃昏。然後夕落。然後深夜。然後暮曉。

我聽到了隔壁的鄰居所傳來的聲音，從啼哭，到歡笑，到無聲，到開車一家子出門的聲音，到高音直笛。

現在呢？我好像能回過神些什麼，我記得了，記得這張桌子。原本是褐色的，什麼時候變成灰白色了？一抹，又變回原本的顏色，上頭滿是灰塵。為什麼而抹？為什麼我所厭惡的手要做出這種動作？在這再也沒普塔精神的空間裡，付喪神們說話了？

砍、砍……想起了，這張桌子原本放了一張紅色的紙，很精緻的紅色賀卡。

上頭，有著妳的微笑。妳，跟他的笑容。

不對，記憶中畫面不是這樣，應該是一個很精緻的盒子。裡頭有個小小的蛋糕、油飯，還有一顆紅色的蛋。

……蛋？蛋在哪裡？膽在哪裡？好苦。但在哪裡？說什麼？不對，應該是一封信。妳親手寫的信。有點皺了信，上頭有些水的痕跡，讓有些字看不清楚了。

水。到底是屋子的頂漏水了，外頭是傾盆大雨，商羊在舞蹈嗎？我從未呼喚水別神，伐樓拿亦是遙遠，多重的恰克是沉默的。還是我的？還是什麼，我分辨不出來，感覺我的視力在這個時候變得好差、好差。

說好的。妳說的。說好的。妳說的。

「嗯！我會幸福的！」當時妳這麼說了，既然如此，又為何會來這封信。

下一次再捎來信時，妳來了，變得好小好小的妳。

我知道，我的理智不斷壓制，好小好小的妳不是迦具土，十拳劍不該這麼揮，揮，揮錯了。

那時，我從位子起來了，接電話。電話？

餅乾打碎，壓扁，壓碎，然後再壓碎。

我帶著變得好小好小的妳，去看原本的妳。

妳說過，妳會幸福，那為什麼床頭櫃裡滿是衣魚，為什麼當我看到他毫不在乎的面容，會聯想起他高翹兩腿的睥睨灑在妳伏地的身軀上的畫面？

我聽說了，我以妳朋友的身分，向鄰居聽說了。白天，妳很早就出門了，晚上，三更半夜才回來。妳不再像以前那般愛玩，捨棄了伊察姆納傳承的藝文，而是去工作，賣命工作維持現況。

而他，他在哪裡呢？

我走近了，卻又不敢靠近。妳明明離我很近，可是走得為什麼這麼遠？變得好小、好小的妳依偎在我身旁，我心頭想說的話十萬倍的薄伽丘也說不完，馬丁．路德也說不盡這一切的罪況。

過勞，好簡單的詞，卻是跟愛打扮、愛玩的妳應永恆永世不會碰觸到的詞才對，但為什麼會真實發生？就因為妳那份傳統又善良的個性，以為一個晚上就判定了一生嗎？

我無法闡述我的心情，無法舒張那些難以言喻的衝動，為什麼我沒有代表真知的荷魯斯之眼，在災難之前就出面，為什麼我天真地以為讓上天賜予擁有雙重選擇權的妳去走「正軌」，這才會是真正的幸福，才是蓋亞應造的秩序。錯了，實際上錯了，巴哈姆特應是支撐整個遼闊世界，而不是飛得如此渺小，都是因我的言語，才把妳逼入死胡同，才讓妳連選擇都無法選擇。

岐神到底在做什麼，為何讓災禍入門？掌管死亡的奈芙蒂斯啊，祢該帶走的不是她，而是我和他啊！

回到只剩我一個人的家，繼續回到原本的位子上。

鑄模，壓扁。最後，抹上去。

砍、砍、砍、砍、砍。

灑落，白色上面撒上咖啡粉。最上面裹上一層只有妳喜歡的，一層薄薄的草莓醬。

椅子上，我坐在椅子上。

人的一生會相逢三塊白布。一是擦式羊水，二是沾上花香與胭脂，三。三。三……我收到了信，但信中是什麼內容已經記不得了。

我只記得我砍了。

砍、砍、砍……

如蓐收所砍，如瑪爾斯所砍，如因陀羅所砍，不夠，不夠快，不能砍，砍不掉！快點！快點給我妙爾尼爾，捶打也好，粉碎也好，快點擒來閻摩，快點讓阿努比斯正視，穆安的考驗推不倒我！快點命桑納托斯工作，我不竊走任一寶藏，黑帝斯快點親臨！

我要砍，我要砍，砍、砍、砍、砍、砍、砍、砍、砍、砍、砍、砍、砍、砍……！

把自己給砍了。

我只記得我嘶吼，但為什麼而嘶吼不記得。

我只記得我衝了回去，尼約德也阻止不了我地衝了回去，回去那個屬於妳的惡夢之處，從門，從玄關，從客廳，從有著他的氣味的所有地方，瘋狂丟東西，丟什麼不記得。

我只記得眼前是好黑好熱的畫面，其他的都不記得。

我看到了亮銀色衣服的人闖進來，他們朝我噴水。

我看到了藍色衣服的人，我被奪走了。

我看到了白色衣服的人，是怕了芬里爾的咆哮？他們把我束縛了。

不對，並沒有，這只是幻覺。我沒有被誰束縛，諸神黃昏未始也未至，我只是覺得內心已經空到沒有什麼可以鎖。中間的片段不記得了，一點印象都沒有了，伯隆尤特庫到來後的世界，已陷入寂靜了。

我只記得打開了門，哪一扇門我不知道，再打開之前我簽了什麼也不知道，我只知道有一些大人，帶著一個妳，一個好小、好小、好小的妳、好陌生、好熟悉的妳回來了。

他不要妳，我毫不考慮捨棄了伊休妲的邀請，並接收了妳。想盡一切辦法、耗盡一切代價地帶著妳回來。那個妳，不是妳。卻又是妳。

但我曾說過了，妳是我的黛安妮拉，就算阿凱羅奧斯阻擋在前，我一樣會帶給妳幸福，帶給妳幸福，帶給妳……幸福。

所以無論是怎樣的妳，我都會信守這個承諾。

沒錯，無論如何，在這第五代的世界裡，無論如何都不會變，絕對不會變。

我發誓。發誓。我發誓——不論我到底是誰，無論是怎樣的身分，都是。

可是，為什麼想到這裡時，視線會這麼模糊？原本不是看得很清楚嗎？為什麼呢？模糊到，我只看到眼前的白色與咖啡色，以及銀色。我把這模糊的顏色端上。端上，將完成的提拉米蘇端上桌。

提拉米蘇意旨——「帶我走」。可是，我真帶得走妳嗎？能夠嗎？可以嗎？允許嗎？自殘倒吊能獲得真知嗎？密米爾會告訴我嗎？點頭的畫面會鎂上嗎？

砍。刀子停了。

砍。刀子頓了。

砍。為何不砍？砍不下去。埃癸斯抵著？我的手石化了？快點，繼續，繼續砍下去！

「我最喜歡的甜食，就是提拉米蘇。」那時的妳對著我這麼說，我問為什麼。

「因為很甜嘛！」妳微笑著，如最單純的孩子般。

甜，很甜，如此地甜，就像是每每妳靠近所會散發的香味。對啊！根本不需要這麼多理由，如此的言語就是胡利肯和古祖馬茲在沉寂之後所發出的創世言語。甜，單單純純的理由就夠了。

提拉米蘇

可是……為什麼這個剛做好的提拉米蘇，味道會這麼鹹呢？好鹹，真的好鹹。鹹到，不像話。都被沾濕到鹹了。

叮鈴。就在此時，門敞開了。

「哇！是提拉米蘇。」妳推開門，放下小小的書包，興匆匆地回來了。

好小、好小、受伊登所喜悅的妳給了我一個擁抱，一個帶有蘋果香味的擁抱。接著，閃亮的眼神全映照在這蛋糕上。

「好棒喔！」妳……好小好小妳的微笑，就跟妳一樣。

我回以微笑，並切了一塊，放到好小好小的妳的面前，妳開心地拿了蛋糕專用的叉子，拉開椅子，坐了上去，等待享用今天的點心。

那張椅子不是妳的，現在卻也是妳的。

妳舉起不太會用的叉子，插在提拉米蘇上，滿意放進嘴裡，大力地嚼著。每嚼一下，彷彿都招呼重黎前來共享。

妳笑了，就跟每一次、每一次那般。布拉基，祢以詩歌傳詠下這瞬間了嗎？聖則濟利亞，感謝妳陪伴了我的一切。

「好甜！」妳喜歡甜食，但妳的笑容卻比什麼甜食都還要甜。

「好好吃！」就算是變好小好小的妳，亦如是。
妳的嘴邊還沾著白色的奶油，對著我開心地笑著說：「媽媽，謝謝妳！」

砍、砍、砍、砍。
砍，斷了。

希臘羅馬神話及其相關

卡俄斯

其名帶有「Chaos」（渾沌）之意。沒有形體，也沒有明確的性別，為一切空間及概念的開始。

蓋亞

又譯稱蓋婭、該亞，希臘神話中的大地女神，創造原始神祇和宇宙萬有，亦讓天與地、山與平原、海與陸地有了秩序。相應羅馬神話的忒盧斯。

黑帝斯

又譯稱哈迪斯、黑帝斯、哈德斯、哀地斯、海地士等，希臘神話中統治冥界的神，係冥府位於地底，故黑帝斯同時為地下礦產的支配者。相應羅馬神話的普路托。

赫利奧斯

古希臘神話的太陽神，阿波羅的前任駕駛日車的車手，每日乘四馬金車在天空中奔馳。相應古羅馬神話的索爾。

埃癸斯

古希臘神話的神盾，據說有兩面，皆為赫淮斯托斯所打造。一面為宙斯所有，由山羊皮打造，連宙斯的雷霆也對它絲毫無損。另一面為雅典娜所有，以阿瑪爾忒婭的毛皮所造。四個角落分別加上恐懼、戰鬥、凶暴、追蹤等特性，中央更裝上梅杜莎的頭顱，使看見者立刻變成化石。

桑納托斯

希臘神話中的死神，美少年，司掌死亡的神。

潘朵拉

其名帶有「有著一切天賦的女人」之意，其形軀為火神黑法斯托以女神形象塑造，美神阿芙蘿黛緹予以美貌，智慧女神雅典娜教導各種才藝，阿波羅賦予音樂才華，漢密斯賦予口語能力，除此之外，宙斯還在外形上加諸眩惑的災禍。

普羅米修斯

其名帶有「先見之明」之意，為人類從奧林帕斯偷取火觸怒了宙斯，因而被鎖在高加索山的懸崖上，宙斯每天派一隻鷹去吃祂的肝，又讓祂的肝每日重生，迫使日日承受肉體上的痛苦。

薛西弗斯

又譯稱西西弗斯、西緒弗斯，希臘神話中受懲罰之人，每日必須將一塊巨石推上山頂。每每一推到山頂，巨石又會滾回山下，如此永無止境地重複下去。

戴摩斯

希臘神話中象徵恐懼的神祇。

福波斯

希臘神話中象徵恐懼與威嚇的神祇。相應羅馬神話的帕沃耳。

阿芙蘿黛蒂

希臘神話中代表愛情、美麗與性慾的女神，相應羅馬神話的維納斯，與維納斯不同之處，在於其亦司管人間一切情誼。

阿特羅波斯

希臘神話中的三位命運女神中的最年幼者，職責是將生命之線剪斷，使人類的生命終結，相應羅馬神話的摩耳塔。

赫墨拉

希臘神話中白晝的化身，乃厄瑞玻斯和倪克斯（黑夜）之女。赫西俄德《神譜》論其與倪克斯為姊妹，輪流進出塔耳塔羅斯的軀體，形成晝夜交替。

摩耳甫斯

希臘神話中的夢神，具《變形記》所載，摩耳甫斯有對無音翼，能在人的夢中化成不同形象。

瑪爾斯

羅馬神話的戰神，原為繁殖與植物之神，後隨羅馬帝國的擴張，成為戰爭的象徵，類同希臘神話的阿瑞斯。

密涅瓦

又譯稱為彌涅耳瓦、米奈娃，智慧女神、戰神、藝術家和手工藝人的保護神，相應希臘神話的雅典娜。

謨涅摩敘涅

最初維記憶的擬人化，後發展為記憶女神。相應希臘神話中司記憶的提坦女神。

梅杜莎

又譯稱美杜莎、墨杜薩，相傳因與雅典娜比美，而被雅典娜變成滿頭盤旋毒蛇的有翼妖怪，後頭顱被英雄珀耳修斯斬除。從梅杜莎左翼流出的血是致命毒藥，而右翼則有起死回生的功效。

卡珊德拉

阿波羅的祭司，相傳因神蛇以舌為她洗耳或阿波羅的賜予擁有預言能力，但因受神的詛咒，預言不再受人相信。

黛安妮拉

愛托利亞國王歐伊紐斯的女兒黛安妮拉，有眾多求婚慕名者，但一聽競爭對手乃河神阿凱羅奧斯，多自動退出求婚的行列。

阿爾戈號勇士

特洛伊戰爭前出現的英雄，伴隨伊阿宋乘阿爾戈號到科爾基斯尋找金羊毛。

赫克特

特洛伊第一勇士，被稱為「特洛伊的城牆」，《伊里亞德》中描述具愛護妻兒的形象，後在與阿基里斯的決鬥中被殺死，屍體被拖在戰車後面繞城，不讓特洛伊人安葬。

史芬克斯

最初源於古埃及神話，當時有人面獅身、羊頭獅身、鷹頭獅身三種傳說。在希臘神話中，赫拉派史芬克斯坐在忒拜城附近的懸崖上，用繆斯所傳授的謎語問過路人，猜不中者就會被吃掉。最後被俄狄浦斯猜中，史芬克斯羞愧萬分，跳崖而死，另一說是被俄狄浦斯所弒。

赫西俄德

古希臘詩人，「希臘教訓詩之父」。《神譜》可能為其作品，內容曾論述卡俄斯的型態。

奧維德的《歲時記》

奧維德完成《變形記》後，受奧古斯都親自下令而被流放到黑海之濱的托米斯，此次流放同時打斷了《歲時記》的寫作。

中國神話與神怪傳說

人面鳥

《山海經．北山經》提：「有鳥焉，其狀如烏，人面，名曰鴽鶥，宵飛而晝伏，食之已暍。」傳說吃食其肉可治暑熱。

噎鳴

時間之神，《山海經．海內經》提：「共工生後土，後土生噎鳴。噎鳴生歲十有二。」其十二個兒子分別為十二太歲神。

蓐收

名該，刑戮之神，亦為秋神、金神，形象為人面、虎爪、白毛、執鉞，左耳有蛇，乘有雙龍。《國語．晉語二》提：「蓐收也，天之刑神也。」

重黎

祝融，本名重黎，號赤帝，應劭《風俗通》提：「顓頊氏有子曰黎，為祝融，祀以為灶神。」認為祝融重黎即是灶神。

商羊

鳥名，在飛舞時會興起大雨，下雨前會用一隻腳跳舞。王充《論衡．變動》提：「商羊者，知雨之物也；天且雨，屈其一足起舞矣。」

杜鵑

杜宇，又名蒲卑，死後號望帝，相傳死後化為杜鵑鳥。其治國後期讓位給治洪的鱉靈，與鱉靈之間的糾葛有眾多說法，後世文學多提杜鵑鳥總夜啼達旦，啼到口嘴出血，其音解釋之意多離不開「怨」、「思鄉」、「不如歸去」等。

印度神話、宗教及其相關

迦爾納與持斧羅摩

因私生而被棄養的迦爾納，飽受種姓制度的痛苦，為習得能讓眾人拜服的武藝，假扮成婆羅門，成為持斧羅摩的弟子，後確實達到一流武士的境界。然識破謊言的持斧羅摩相當憤怒，係他發過誓絕不教授婆羅門以外的任何人，故詛咒迦爾納會在最緊要的關頭，忘記學來的一切知識。

廣延天女與洪呼王

洪呼王娶了天界最美的廣延天女，夫妻如膠似漆。係天界因失去女神而黯淡無光，故因陀羅讓閃電劃過，讓天女看到洪呼王的裸體，這違反兩人當初的訂婚協議，天女因此離去。

因陀羅

又稱帝釋天，吠陀經籍所載眾神之首。為諸神領袖、雷神和戰神，空界的主宰，曾勝過人間與魔界眾物，降服太陽、殺死延續季風雨的天龍弗栗多等。

伐樓拿

又稱婆羅那，自吠陀時期即為天空，雨水及天海之神。

閻摩

又稱琰魔、閻魔、夜摩、焔魔、焰摩，尊稱為閻魔羅闍、閻羅王、閻羅大王、夜摩天王。掌管死亡的神，在《梨俱吠陀》中，為首位經歷死亡的人類，因此掌握死亡的力量。

龍樹

又稱龍猛、龍勝，音譯為那伽闕剌樹那、那伽阿順那，著作甚多，有「千部論主」之名，為婆羅門種姓，少年時學習吠陀經典，亦精通各種學問及法術。偶日運用隱身術，與至友三人進入王宮，差點被殺而領悟欲為苦本。

奧義書

古印度一類哲學文獻的總稱，廣義的吠陀文獻之一，最早集中精力討論宇宙的終極真理，主要概念在於「我」和「梵」，印度現存的奧義書多達兩百多種。

《薄伽梵歌》

字面意為「至尊神之歌」，是唯一一本記錄神而非神的代言人或先知的言論的經典，受多數印度教徒視為神聖，雖為詩史的一部分，亦被視為奧義書之一。

日本神話與神怪傳說

宇能治比古命

《出雲國風土記》記載，宇能治比古命憎恨父神須美（義）禰命，於是在北方出雲之海興起海浪。

八咫烏

日本神話中被視為太陽的化身，一般描繪為三隻腳的形象。

岐神

又稱巷神、辻神、道祖神、塞神，日本民間信仰裡阻擋疾病災害、惡鬼幽靈進入聚落的神祇。

三輪明神

又稱大物主（大物主大神），受三島湟咋之女玉櫛媛的美貌所吸引，趁著玉櫛媛如廁時，趁勢化作紅箭，順溝流而下刺向其女陰。玉櫛媛大驚奔回家，將紅箭置於床邊。紅箭變回三輪明神，並與玉櫛媛結婚。

迦具土

火神，伊邪那美命產下迦具土後遭灼身亡，盛怒之下的伊邪那岐命拔出十拳劍，砍下迦具土的頭顱。

水別神

又稱建水分神、武水別神，為天之水分神與國之水分神，遇旱時，成為百姓祈雨的對象。

少彥名

酒神，《古事記》作少名毘古那神，《日本書紀》記為少彥名命，另有須久那美迦微、少日子根、少名毘古那、宿奈毘古那命、須久奈比古命、小比古尼命等別名。

天服織女

《古事記》上卷記載，須佐之男命趁天照大御神在忌服屋命人織神衣時，剝下天斑馬之皮，自屋頂穿瓦丟入屋內，天服織女在驚惶之下遭梭子刺中女陰而死。

付喪神

又稱九十九神、九十九髮，器物放置不理一百年，吸收天地精華、積聚怨念或感受佛性、靈力，而得靈魂化成妖怪。

古埃及神話

凱布利

象徵日出及再生，意為「發展」、「出現」，象徵物為聖甲蟲。

普塔

工匠和藝術家的保護者，也為設計家、藝術的發明者、金屬冶煉家和建築家。

荷魯斯之眼

又稱真知之眼、埃及烏加眼，為鷹頭神荷魯斯的眼睛，右眼象徵完整無缺的太陽，具遠離痛苦，戰勝邪惡的力量，左眼象徵有缺損的月亮，荷魯斯將左眼獻給歐西里斯後，因而有了分辨善惡、捍衛健康與幸福的作用。

阿波菲斯

又譯稱阿佩普，破壞、混沌、黑暗的化身，欲將世間陷入永久的黑暗。

奈芙蒂斯

又譯稱奈弗絲，九柱神之一，為死者的守護神，同時為生育之神。

哈碧

又譯稱哈必、哈比，葬禮之神，負責看管裝著肺臟的罐子。

涅伊特

其名帶有「織工」之意，其象徵物及其部分聖書體名類似織布機，因此被稱作編織女神。

芭絲特

貓女神，象徵家庭溫暖與喜樂，同時也是性感的象徵。

塞爾凱特

免於毒害的女神，被認為能夠治癒其他會中毒的傷害。

敏

男性生殖的守護神，沙漠旅行人的守護者，其特色是勃起的陰莖，通常人們把萵苣當成祭品獻給他，吃掉後便能獲得成年的標誌。

北歐神話

阿斯嘉特

諸神之國，位於大地一座高聳入雲的高台上，幾乎所有宮殿都以純金打造而成，永遠閃爍耀眼的光芒。

密米爾

智慧巨人，能知曉世界所發生的一切，包括預測未來及諸神命運的走向。掌管得以傳授智慧與知識的密米爾之泉。

自殘倒吊

奧丁為了掌握「智慧」，舉矛自殘並倒吊在世界樹上九天九夜，終於獲得操控擁有強大力量的盧恩文字的能力。

妙爾尼爾

雷神索爾之鎚，其名帶有「粉碎」之意，投擲後必定能擊碎對象，此外亦有「淨化」和「復活」的能力。

弗麗加

「結婚」和「生育」的守護神，亦為諸神之母，其名帶有「伴侶」之意，不僅為慈祥母親的代表，更會賜予子嗣予沒法生育的夫婦。

芬里爾

巨狼，眾神懼怕其力量，以饕餮之鏈束縛住，更將一柄劍放進嘴中抵住上下顎，使其合不了嘴，直至諸神的黃昏才掙脫。

布拉基

詩神，舌上刻有盧恩文字，以最優秀的詩人聞名。

尼約德

富裕與豐饒之神，其名帶有「力量」之意，擁有掌管風的流動的能力，為人類火焰和波浪。

夏基

擅長魔法，以力量和狡猾聞名。最終卻被諸神燒死。

伊登

青春女神，其名帶有「永恆青春」之意，掌管讓諸神永保青春年華的「回春蘋果」。

海姆達爾

諸神最重要的守護神，其名帶有「宇宙中心」之意，擁有絕佳的聽力和視力，且睡得比鳥兒還少。

費雷與葛德、史基尼爾

史基尼爾不辭辛勞地向葛德傳達了費雷的愛慕與相思，但倔強的葛德並未輕易答應，直到史基尼爾受逼而向葛德吐出詛咒，才答應與費雷的婚事。往後，費雷與葛德的婚姻相當美滿幸福。

馬雅神話

創世

創世之前，世界僅有天空與海洋。天空之神胡利肯和海洋之神古祖馬茲在沈寂之中同時說出「地球」兩字，世界瞬即形成。

維科布．卡庫伊科斯

其名帶有「七金剛鸚鵡」之意，在創世神用大洪水毀滅「泥人」後，維科布．卡庫伊科斯反抗眾神意旨欲統治世界，自詡為太陽與月亮的合體，即世界的統治者、時間的掌控者，後受雙胞胎英雄所擊敗。

第五代世界

地球每隔 3740 年就會經歷一場大災難，現代人類活在災難後第五代的地球。

伯隆尤特庫

衝突和天災之神，脖子上纏繞繩子，為戰俘的象徵。

穆安

地府之神，掌管分為九層的地府。死者進入地府，須以機智勝過地府死神，方能化為聖體升天。

父母同體

創世神何里肯恩古祖馬茲以玉米和雙胞胎英雄祖母的洗手水混合，作為造人材料。此批人被後世稱為「父母同體」，除具有極高的領悟力，更具有看穿人間與天國所有事物的力量。

恰克

又譯稱查克，雨神和雷電之神，是單一神，也是多個神，以閃電為斧頭，砍擊雲霧，導致打雷和降雨。

伊休妲

掌管自殺的女神，以吊首的女性外貌示人。

伊察姆納

掌管太陽、藝術、玉米、寫作的神祇。外表為寧靜的老人，有突出的鼻子。

聖經與基督宗教

加音

亞當與厄娃之子，因忌妒天主惠顧其弟亞伯爾和他的祭品，因而在田裡殺了亞伯爾。（創4：1—14）

降生在白冷的猶太人之王、黑落德王

出於〈瑪竇福音〉：「當黑落德為王時，耶穌誕生在猶大的白冷；看，有賢士從東方來到耶路撒冷，說：『纔誕生的猶太人君王在那裡？我們在東方見到了他的星，特來朝拜他。』黑落德王一聽說，就驚慌起來，全耶路撒冷也同他一起驚慌。（瑪2：1—3）

貝耳則步

為「蒼蠅王」，腓尼基人的神，《新約聖經》中稱貝爾則步為「鬼王」，猶太人視作引起疾病的惡魔。一如〈瑪竇福音〉提：「那時，有人給他領來一個又瞎又啞的附魔人，耶穌治好了他，以致這啞吧能說話，也能看見。群眾都驚奇說：『莫非這人是達味之子嗎？』法利塞人聽了，說：『這人驅魔，無非是仗賴魔王貝耳則步。』」（瑪12：22—24）

保祿

本文指《保祿書信．羅馬書》所提：「因此，天主任憑他們陷於可恥的情慾中，以致他們的女人，把順性之用變為逆性之用。」（羅1：26）

伯多祿

耶穌十二宗徒之首。耶穌被捕以後，曾如三度不認耶穌。傳聞殉道時，要求被倒釘十字架而死，因其認為自己不配像耶穌一樣釘十字架。

聖則濟利亞

基督宗教聖人，被視為音樂家和基督教聖樂的主保聖人。

馬丁・路德

德國基督教神學家，宗教改革運動的主要發起人，基督教新教信義宗教會（即路德宗）的開創者。一五一七年十月三十一日，諸聖節的前一天，在教會門上貼出反對贖罪券的九十五條論綱，徵求學術的辯論。

其他

薄伽丘

喬凡尼・薄伽丘，文藝復興時期的義大利作家、詩人，其《十日談》留名後世，內容講述七位女性和三位男性到佛羅倫斯郊外山上的別墅躲避瘟疫，每人每天講一個故事來渡過酷熱的日子，最後合計講了一百個故事。

巴哈姆特

原為阿拉伯神話的巨魚，其下為幽黯無盡的海洋，支撐著名為「Kujuta」的巨大公牛，Kujuta之上撐著一粒紅寶石，在那之上站著一個天使，他支撐著七個大地。在現代，巴哈姆特常被描述成一種會飛的巨龍，與《新約聖經》所述的利維坦相近。

提拉米蘇

又譯稱提拉米酥，由泡過咖啡或蘭姆酒的餅乾，加上層起司、蛋黃、糖的混合物，並於表面灑上一層可可粉而成。相傳在一戰時期，一名士兵將出征，妻子把家裡所有剩下能吃的做成一份糕點，讓那上戰場的士兵吃起提拉米蘇，就會想起他的家，想起等待他回來的她。其名帶有「拉我起來」，以及「帶我走」之意。

第二章　他的匣

明天加油

阿增作到一個夢。

阿增夢到他在爬行，爬在一條長不見頂的階梯上，當爬到階梯頂端，是一條橫向的小道。當腳底一貼上小道，他能夠走路了，但頭不見了，他用自己的手指在看路，當手指瞄到水晶雕成的老鷹時，一隻白尾黑貓叼了一顆新頭給他。阿增一裝上去，立即健步如飛，然才剛要躍過一條大水溝，身體霎時卻四分五裂，視線急速下墜，還沒喊出聲，他就這麼驚醒了。

醒的時候，他感覺頭意外地沉重，腳都快站不穩。

「明天……加油。」

手掌貼上額頭，下意識將腦中那段話喃喃唸出口，把散放於床邊的襯衫套到身上，阿增就這麼「上班」去了。

坐了兩小時的車，抵達區公所大門，先側身在旁，讓正式員工先行入內，再小心地跟於後頭打卡、上繳月費。

一進到服務的處室，椅子都還未坐妥，才剛把昨天加班完成的公文遞交上去，新的一疊資料便隨之而來。

看了看份量，阿增暗自感到高興，看來能比昨天早兩個小時下班。這份喜訊，可謂一天很好的開始。

「阿增，這個假日可要麻煩你了。」然當阿增正預想星期日打工剛好輪休、能安排與她外出時，處長碰巧喝著咖啡喃喃道著，假日有公益活動需要支援，這攸關區公所的考績，但處長親戚那兒有喜宴，沒辦法到場，處室一定要有人代表。當阿增回過神時，處長已微笑地對他說：「你真是我的天使」。

看來下個月須繳的實習費，會多加一筆假日電器使用費了。阿增心裡算著。以目前在外頭打工所賺的，除了常態性的通勤費、雅房房租費、實習費外，再加上這麼一筆，勉強還能打平，也就不愁了。定下這想法，並將大概也不會有回信的簡訊發送後，阿增開始低頭處理公文。

然而，當桌面上的公文總算快消化完時，又有新的一批碰地疊上來，新的這批標示是「急件」，上頭的長官一直忘了批閱，今天下班前就得完成。阿增吐了口氣，加足馬力處理。當阿增再次抬頭時，才發現早過了午休時間。午休外的時間，可不能做除外工作外的事情，連如廁都得計分數秒。拉開抽屜，隨便塞了幾片營養口糧，深吸一口氣，繼續辦公！

第二次抬頭時，也已是傍晚八、九點了，整棟區公所只剩阿增這間處室亮著燈，四周瀰漫的味道，僅有遠方廁所消毒水和身旁處長買給他的便當。

阿增在心裡暗恨自己沒注意，打卡室早就關了，下班沒打卡是會扣分的。然此刻可沒時間讓他灰心喪志，吃完便當後，阿增繼續把處長後天要用的評鑑資料完成。待全數搞定回到住處，已經兩點多了，洗完澡後看點考試的參考書，準時四點就寢，準時在五點半起床。

阿增這兩個月以來的生活，差不多就是這樣了。

也不知是怎個政令還是政策，源頭是怎麼來的誰也沒能說個清。簡言之，政令下達，無論公私立單位，在成為正式職員前，都必須接受該單位的「實習」。「實習」所產生的「實習費」必須由實習生負擔，實習性質及工作內容跟正職無異，實習期限由該單位決定，實習結束後得由實習分數與實習後測驗決定實習生去留。許多企業家大力贊同，許多受雇百姓則大力反對，但反對的聲浪就在「若要賺錢活命，別無他法」的現實壓力下悄然掩蓋。

翌年，區公所轉型為民營化，藉由每年政府評鑑，確保每個區公所效率提升且優質化。轉型不到半年，進入區公所成為最讓人夢寐的工作之一。

在這滿是「實習」的時代裡，要成為正式區公所員工，比起成為某些大企業雇員容易太多。再加上實習分數公開化，不會發生辛勤實幹，結果到最後一天分數被大減這種慘案。正因如此，寧可捨棄當醫生或工程師而轉到區公所上班的新聞，也早不罕見。

區公所每年都會開一定實習名額，以筆試分勝負，錄取者便能成為正取實習生，接著只要實習半年，再去通過國家準公務實習生測驗考，測驗考通過後，以國準生的身份實習一年並通過升階考試，就可以成為預備公務生。成為預備公務生只要實習一年且實習分數高於一定比數，就有資格參加區公所缺額的甄選，成為區公所實習生。只要實習分數達到標準，離成為正式職員那輕鬆、優渥的工作就不遠了。

「考試科目準備的怎麼樣啦？」

「還在努力中。」

「加油吧，對了，這件事交給你囉！」

「好咧！」接到新的公文，阿增如此精神抖擻地回答。

至於阿增這隨處可見的平凡青年，竟能在競爭激烈的首都區公所實習這件事，得從兩個月前談起。

這屆首都區公所實習生開出四名缺額，全國報考人數約五千。當阿增收到正取單時，全家歡聲雷動，就連遠房親戚都專門登門道賀，鄉長也親自送上對聯慶祝。在一陣祝福的喜悅中，母親拍拍阿增的肩：「好好做，認真去做。」這一拍的力道，宛若在背上刻上盡忠報國的血字，代表了整個家族對阿增的期待。

這種感覺，是從小就被視若敝屣的阿增從未有的惶恐感。在這堅強的祝福下，阿增決心卯足全力去做實習的工作。只要能捱過去，未來將會一片光明。

將好不容易完成的公文上繳後，阿增喘口氣，他往同屆的其他三人望去，並稍稍憶起在區公所「征戰」的些許往事。

A是某區公所所長的親戚，他正在所長室與所長聊天，所長好像跟他說了什麼，接著把一疊試卷給A，A接過後便到所長位旁的小桌子讀起來了。U時常打完卡就不見蹤影，哪裡都找不上人，不過阿增卻常聽到正式員工誇讚U南征北討參加許多比賽，為區公所沾了不少光。面貌姣好的W剛洗好水壺正準備泡茶，出了辦公室的所長就是到她那兒，拍了拍她的肩說了點話，又捏了捏她那玲瓏又機靈的鼻子，就一起出門去了。

W與行政中心某領導的兒子高中是同班同學，現在又正在交往，得知這件事是迎新會時，所長曾問阿增是否來自某學校或某鄉，阿增都誠實地說不是，所長嘴唇翕了幾下，不知碎念什麼，話題就這樣尬然止住。而後，所長轉身問W同樣問題，接下來談話可就熱絡了，這點阿增並未特別注意，畢竟阿增在迎新會這時帶了女友來，想讓她認識他所在的環境與同梯的實習生，女友沒讓阿增失望，很快就跟大家熱絡起來，尤其是跟健朗帥氣的U有說有笑，還互換了電話，這點阿增也沒想太多，因那算是正常的社交。

迎新會結束散場之時，女友送給阿增一個核果項鍊作為祝福禮物，阿增滿懷感動地收下。

歡樂的時間僅一晚，翌日早晨，隨即開始分發所屬實習單位。

往例來說，每位實習生都會配屬一名正職的負責人，負責教導注意事項與工作內容。負責教導阿增的就是他所服務的那處室的處長，阿增認為處長個性很好，待人親切也相當替後輩著想。

第一天來到實習單位時，阿增立刻展現出他的上進與企圖心，處長見到他如此主動認真，相當欣慰地評說：「遇到你真好，像先前來的那個，什麼事情都不會主動做，來了一星期，我只能跟他說無法打他的分數，讓他回去了。」稍時，又補述道：「你真是我的天使。」

當這話一出，阿增突然感覺胸口被什麼東西暖到了。

不過多久，阿增又多發現處長總與下屬分享好東西的一面。偶日，全區公所正職人員員工旅遊回來後，處長還不忘送份小禮物給阿增。

「這是那家很有名的太陽餅，送給你。大家都出去玩，還讓你留守，辛苦了。」

「不會，這是我應該的。」

「然後，這是我代替A送給你的，如果你這幾天沒代替A，A也就沒辦法跟著去旅遊了。」處長總是以滿意與欣喜的神情說話。

此外，面對推薦有為青年給上級認識這件事，處長也從不吝嗇。某次市長來視察區公所時，處長就特別介紹了阿增：「他的綽號是阿增。」

阿增滿懷感激，他認為自己只是個什麼都不是的實習生，何德何能受如此的厚待。為了回報這份恩情，他只能繼續全力去做眼前的工作，讓處長高枕無憂。

然而，如此盡上全力且分秒不間斷地辦事，往往一離開工作場地，半點精力都不會留下。這樣長期消耗而無法補充的情況下，與外在的接觸自然少了，回到家後更是一句話都說不出來，看到一連串的未接來電，要回也扯不出聲，只能以時間過晚不方便回撥為由搪塞自己。

今天狀況貌似還算不錯，雖前陣子為了趕進度通宵達旦，喝了處長請的咖啡後，也打起不少精神。

當手邊的文件告一段落，阿增想說起身喘口氣，但才剛起身，便覺得眼前閃過一陣暈眩，胸口一陣刺痛。

「沒事吧？」一旁的處長發現異狀，連忙放下手邊的報紙，邊將剛送來的一疊公文放到阿增桌上，一邊關切地詢問：「如果不舒服的話，就先休息一下吧。請個假也好，大不了只是被扣幾分而已，身體比較重要。」但阿增只是搖搖頭說沒事，又坐回去繼續工作。

中午午休時，處長見阿增還在辦公沒休息，立刻在成堆的公文上放了熱騰騰的便當。

「先吃，休息。」說完後，處長便轉身離開處室。

望向那個便當，阿增感動得完全說不出話來了，字句全吱吱呀呀地卡在牙縫間出不來。

在翌日太陽升起前，阿增就將企畫案搞定了。腦中繞的全是想像當處長發表這案子、並得到全廳喝采時是件多麼美好的事。

收了收東西，阿增便準備回就寢的住處，算一算還能休息一小時，東西全丟到書桌上，衣服也沒換，阿增的意識就模糊了。

依稀間，他感覺到自己似乎作夢了。

他夢到自己縮在一個深灰色鐵製匣裡，四肢不見了，只有頭和身體能不自然的挪動。倏忽間，鐵匣著火了，但卻逃不出來，只能任憑火焰把身體給吞噬。當痛苦到想喊出聲時，他墜落了，墜到一個兩旁皆是中式風格建築的斜坡上，是夜晚的景色。當兩條海豚一滑過眼簾，有個巨大頭顱便對著他咧開笑靨，但沒多久就散碎開來，頭顱的碎片砸得阿增心頭滿是驚恐，但他依舊喊不出聲。倏忽間，有三本重重的書從天而降砸了下來，碰一聲，阿增就這麼醒了。

醒了。

他猛然驚醒，他想找那三本書，但身體卻不聽使喚，一點也沒辦法隨意識而動。勉強把身體崛起來，看看四周，這才發現自己並不是躺在床上，而是趴在書桌上。發覺到這事實後，他硬是挺起身體，看了看時間，該是得準備去區公所了。但才沒走幾步，身體踉蹌跌坐下來，頭很重，胸口悶到不像話，胃腸也像被什麼暴力不斷地攪和。

阿增一咬牙，像是蠕蟲般爬到冰箱旁，使勁全力拉開冰箱門，取出裡頭剩的最後一瓶黑咖啡，像是數天未碰毒品的毒癮者那般，手一直拿不穩，當罐子一打開，立刻將黑色的液體大口大口灌進肚裡。

「不行，不可以遲到，也不可以請假！」阿增如此對自己精神喊話。

實習的及格分數是80分，請假一次是扣5分，無故不到則直接不及格作論。換句話說只要請一次假，對實習成績就具有無比殺傷力。實習成績將永久陪伴，阿增沒有後台，能拚的就只有現在。

「明天……加油。」嘴裡，阿增喃喃將那段字句給唸出來，當這麼一唸，他又感覺全身充滿力氣，鼓起勇氣往區公所的路邁進。

一進到辦公室，雖然案上又多堆了一疊急件，不過當聽見為處長寫的企劃案通過了，也受到所長讚許，阿增心頭便湧上一陣欣喜，這是受到肯定的證據。

然而，現實並不允許讓他高興太久，稍時也不知什麼原因，同處室的一名正式員工和處長爭執起來，早上的業務就此停擺。到了中午，正式員工請假了，處長也不知去了哪裡，其他處室每隔幾分鐘就來詢問進度，也不斷有正式職員來責難阿增，為什麼沒把處室的工作搞好？這樣的效率必定會扣他的實習分數。如此內憂外患交雜下，阿增深吸一口氣，硬是接下那些原本不該屬於他的任務，好讓他人不說嘴。

把事情做到最好，是他唯一期望的事，就算那正式員工絲毫不知這天是誰善後、只會邊嗑瓜子邊說實習生不是也一樣。也因這層層疊疊的資料，原本打算今晚下班去看醫生的這想法，隨之遺忘在記憶的角落。

過了幾天，阿增捧著尚未完成的資料準備走回處室時，所長突然堪虞地呼喚他：「W好像不太舒服，你今天能順便幫忙嗎？」

阿增原想婉拒的，畢竟自己處室的工作都還沒完成……但一瞥所長的手上剛好捧著這個月的評分單，又瞥見自己名字正貼在最前頭，上頭有好幾個細項都被打上負號，阿增的心臟差點沒跳出來，他連忙把差點吐出的話用舌尖硬鉤回來。然當這麼一做，胸口的疼痛又再度喚起，阿增連忙堵住氣，絕對不能咳出聲來，這時候咳出聲來就太假了。

「所以說可以？阿增你真的很好。」所長對阿增投以一個肯定的微笑，便帶著坐在一旁、兩手抱胸的W離開現場。W一路嗲聲嗲氣，所長則柔聲柔氣地順著她。

深夜，所長親臨阿增的辦公室，阿增嚇得從位子上跳了起來。

「今天吶，我向W跟你說聲謝了。」拍拍阿增的背，接著拉了處長的椅子坐下，所長對著阿增說：「我今天聽W說了。U也真是的，只知道去比賽，工作都沒做，可是那些事情W和A又都不方便做代替，後來行政會議決議，讓那些原本該他們要交辦的卻都歸到你的責任上。唉！雖然我身為所長，還是有很多無可奈何啊，希望你能理解。沒你的話，真不知要從哪兒找來人手。」

所長如此感嘆：「你真的很棒，你是人才。我就住在附近，有什麼事就來找我吧。」

收到這樣的鼓勵，阿增心頭又沸騰起一股熱意。可是在這個時候，胸口卻又劇痛了起來，但他知道現在不能露出異樣，有異樣會讓長官認為他不行了。待所長走了，阿增才靠到牆角大喘著氣。

「……明天加油。」這次，阿增在心裡默唸了。

他告訴自己絕對不能倒，說什麼都不行。

「加油……」

會有「明天加油」這樣的口頭禪，原由非常單純，只是阿增想與交往已久的女友結婚而已。

阿增盤算，若要結婚，勢必須有穩定的工作。能最快得到穩定職位，唯有進入區公所工作這一途。為達這目標，阿增放棄所有興趣，立志扭轉五流大學畢業的身分力拼向上。女友明白了阿增的這決心，當晚她傳了一封四字簡訊給他——「明天加油。」

阿增自己也不清楚為什麼，這簡簡單單的四個字，為何具有如此巨大的魔力，能讓他枯竭的心一次又一次燃燒起來，一次又一次給予他力量，且一次比一次還強烈。

——明天加油。

明天，是今天後的下一天，也是今天之後的每一天，今天亦是昨天的明天，明天加油，明天被授予了期望與祝福，更獲得了激勵和動力。

「好好做，認真去做。」家人這麼說了。

「你真是我的天使。」處長這麼說了。

「你真的很棒。」所長這麼說了。

「明天加油。」她這麼說了。

對，明天加油——因為她，阿增發誓絕對要考上區公所，因為她，阿增順利成為實習生，也因為她，讓阿增每天得以緊咬牙根，度過一次又一次難關。一想到這裡，阿增的心裡又充滿了無比的欣喜與感謝。

他倚了下椅背，回想著她的面容，回想與她互動的經過，想了個段落，又鼓起勇氣繼續力拼。

阿增以為就這樣持續努力，就能朝往可能的未來發展下去。然而，每日埋首力拼的他並不曉得，有一些變化早就產生了。當實習邁入第三個月時，她對阿增開口了。

「對不起。」簡單的一句話，卻重複了好幾遍。

「對不起。」簡單的一句話，卻在阿增心頭更是迴盪千萬遍。

「對不起。」簡單的一句話，用微笑驀然結束了。

當她轉身離去時，阿增感覺某條控制意志的神經斷裂了，身體不再聽命行事，只能佇在原地完全無法動彈。此時剛好下起了大雨，淋得他好像整個人都融化了。

「不行……明天還得上班。」最後奪回他的理智，是還須把實習完成這件事。

他悵然地走向家，但一到家門口卻發現到鑰匙怎樣都插不進，抬起頭這才發現到眼前的建築是區公所。

阿增噱了下自己，而後掉頭離去。

一到住處門口，也已是五點半了。入內喝口白開水，並把身體稍微擦拭一遍，便準備再度出門。

阿增告訴自己，不能因為這點事而全盤放棄，無論心靈或身體都不能倒，絕對不能倒，倒了就沒有退路了。

每天、每天都會接到來自親戚的電話或簡訊，詢問目前情況，都會說著當他考上正式員工時如何如何，未來規劃如何如何，未來與她結婚如何如何。他從來不受看好，現在突然硬塞上這麼多期待，他無法消化。可是現在的他，也不用再回應了，也無法再回應了。他與她已經告吹，他與她已經沒有未來，他與她什麼都不是了，他給她的全都成為空白，現在能留下什麼，只剩絕不能退後的這個信念。

他不能因坍了地基，整棟大樓就不蓋了。都已經走到這一步，花了時間，花了金錢，花了靈魂，花了一切、一切、所有的一切，不能回頭，不能在這個時候停下來，說什麼都不能允許！

「明……明天……明天加油。」哽咽間，阿增重新把腦中的那段話誦詠而出。這個已空成話語、不具實際靈魂的口號。但這個身體一接收到這句口號，隨即又像灌入強心劑般有了精神，實際的強心劑早沒了，但古典制約依然存在。

阿增依靠這個制約，模模糊糊間命令自己繼續振作。

明天，明天代表著未來，也代表著昨日的明天也就是今日，明天就是每一天，所以每一天都該加油，都該努力，都該加油，都該盡力。

硬是將自己融在椅子上的軀體刮起來，搓揉成微笑，阿增重新往區公所的路上前進。

「早……！」當他一跨入區公所內，便又以平時那有陽光熱度的笑容迎人。

他確信自己心裡已做好建設、已做好準備了。但才剛跨進處室，看到案桌上疊著比身高還高的公文時，思緒還來不及反應過來，眼前已陷入一片黑。

明天加油。

明天……明……

明天，代表著……代表……代表著……

黑。一片的黑。意識模糊，逐漸無法支撐，崩潰了。

在一片漆黑的意識裡，阿增作夢了，這次夢的很真實。

這次他夢見自己在一間七坪大的房間裡，他正在書櫃上做菜。煮好的菜，他端到書桌上，大功告成之後，他便坐到書桌旁，欣喜地看著食物一點一滴消失，待盤子上空了，他把碗接回去，張開大口，然後把碗給吞進肚子裡，碗的碎片刮得喉嚨很痛，腦門也跟著痛了起來，但他笑了。當笑出聲來，書櫃與書桌消失了，轉而變成寬大的泳池，阿增看到有隻貓咪在游泳，那隻貓笑其他貓比牠更胖，接著又哭著嚷要減肥，阿增又笑得更大聲了，笑到肚子都痛到炸開了，竄出一隻隻非獅非虎的獅虎出來。

就在這一陣劇痛間，阿增猛然清醒。

他睜開眼，想看自己的肚子是否無恙，但卻怎樣都起不了身，身體根本無法動彈。阿增想再以「明天加油」催促自己起來，可是連個「明」音都還發不清楚，意識又陷入一陣黑暗之中。

當再度醒來時，阿增第一眼所見的是個批著白袍、戴著口罩的陌生男人，再過幾秒，他才意識導這裡是醫院。而伴在病床旁的，則是母親。黑著眼圈的母親發現阿增醒了，立即激動地站了起來，並破口大罵：「太誇張了！太過份了！怎可以這樣呢！只是實習，怎麼、怎麼會讓你的身體搞成這樣！」

阿增的母親劈哩啪啦吼了一堆，但阿增只聽得懂前半段，後半段全是一陣模糊。在這一陣模糊之間，他隱約感覺自己的胸窩內好像少了什麼零件，好像多了什麼空洞。

然當母親正將怒氣宣洩在無辜的衣櫃上時，護士領了客人入室，是處長。處長一進到病房，看到插滿點滴與儀器的阿增，立即衝上前去，激動地握住阿增的手：

「阿增，你為什麼把自己搞成這樣呢？看到你這樣，你知道我有多麼不捨。」

但母親一點也不領情：「還不是因為你們害的！超時工作還不得休息！我要告、對！我要上告法院！」

然而，母親越是憤慨，處長越是冷靜，處長先搖了搖阿增，確定阿增意識還是不清的。待母親罵到沒勁，這才誠心地接上話：「家長。」處長潤了潤喉，口吻相當慎重。

「讓實習生做超量的工作，不管用什麼角度都是不人道的。我知道實習生的工作重，但絕無硬性規定一定要加班，阿增每天的下班時間跟大家差異不大，打卡紀錄都能證明上下班的時間。阿增在上班的時候真的都非常用心，我都看在眼裡，他是我的天使。可惜……下班之後我就不清楚了，到底做了什麼，又或者去了哪裡搞得太晚太累。我很遺憾，阿增沒有照顧好自己的身體，他是一位很好的青年，看到他變成這個樣子，真的讓我很難過。所以……」

頓了一下，處長繼續說道：「我已經向上級申請了，這次醫療費全權由區公所負責，之後的復健種種，我們都全力配合。分數方面，我們會以阿增到目前為止的表現做評比，阿增的付出絕不會白費。在阿增出院之前，我們都會保留區公所實習生的資格，等著阿增歸來！」

在母親瞪大雙眼、一臉不可思議地望向處長下，處長深吸一口氣，以最隆重的神情說道：「我向家長您保證。」

當處長這麼一說，阿增的母親感動到流下淚來，滿腹的怨恨頓時冰釋軟化，鬆開握緊的雙拳，轉而大力搖晃阿增的肩膀：「阿增快點起來，趕快謝謝處長，看他這麼照顧、提拔你！」

一位母親、一位說不出話的病人，對著衣裝筆挺的處長不斷釋出滿懷的感激。短短三分鐘內，處長謹慎的言語，換取到兩顆忠貞不二的心，以及滿滿動容的淚水。

「謝謝、謝謝、真的太謝謝您了！謝謝您提拔我不成材的兒子……」

再過幾個月，實習成績公佈了。

實質成績來說，阿增雖沒成為正式員工，但受處長庇護下，保留了實習生的資格。然因健康已受某程度的永久傷害，不適合繼續在區公所服務，阿增家就這樣陷入繼續繳交實習費，保持已毫無用處的實習生資格與不再繳交實習費，放棄過去所有付出這兩難之間。

附帶一提，雖然阿增因工作而受到傷害，但實習並不算正式職位，保險公司並不給付理賠。阿增未來的生活，就在親戚謾罵與譏笑毫無上進心間度過。

另外三名實習生，則各有了前途。

A以趨近滿分的最高成績，接受最高領導者頒發的「最佳實習生楷模」勳章，並接受各大媒體採訪，長官也親送一對象牙到他家，彷似告誡他勿忘當初是誰拉拔，據說很快就會到某處任官，未來必將飛黃騰達。W持續與男友交往，另方面她又憑藉年輕貌美、態度玲瓏、又懂得撒嬌，在所長為首的各大長官間，早吃得相當開。相傳若將實習的這段期間所收到的禮物都換算成現金，足夠讓她自己開間小公司。而U則與阿增的前女友閃電結婚了，U在結婚前常把彼此的恩愛照上傳到網路上，也常標註阿增到頁面上，結婚時有發喜帖給阿增，阿增用眼神請家人包個紅包過去，但只得到家人的一陣冷嘲熱諷。

無論如何，他們都將轉往下一個戰場。

踏血尋黴

給客人的香米，上頭並不會漫層白灰，也不會溢滿黴菌絲、發芽的根，但這並不代表不會進人類的胃，這間素食店員工的午餐，就是吃這些。

「黑心肝，二選一。要嘛我黑，要嘛你黑。」老闆曾對欲抗議的底層員工這麼說。

在這職缺競爭相當激烈得時代，工作往往有不成文的規定，這素食店正為一例。為能隨時服務消費者，員工在放假前都不能離開工作所在處，隨時待命。稍到其他店家索碗清湯都不得。

若揭發這家館子的不道德，老闆確實會栽。

然早在十多年前，老闆已壟斷鄰近三縣市所有賣餐飲的，實質的主都是同一人。得罪了一個，等同自毀這輩子生涯。媒體報導很快就會被壓下，下星期換個店名、換個菜色即可重起爐灶。

反觀那些做事的，抱著已病缺的軀體，有誰會佛心錄取？若單身還有機會斷尾求生，但家裡若已有數張嗷嗷待哺的嘴，黑一副胃臟，飽好幾副胃臟，哪個值得誰都清楚。

再加上大家心裡都有底，既然是同個主，其他餐飲店員工福利會較完善？因此，絕大部分的人都會悶著頭繼續工作，啖那些不應啖的東西。

然配的食物有限，能吃的總加起來就那幾桶。前陣子還會配些有牛排味的果凍狀物，後來卻因一些詭譎的法條，導致貨進不成了，僅能回頭扒那些黑酸的食物。可是就算硬吃胃也不能黑太快，總不能沒賺到錢就一命嗚呼了。

於是眾人訂了潛規則，誰的資歷越菜，就「禮讓」誰先杓，先杓掉最上頭那些敗壞的毒素。

午餐時，員工們圍著圈吃飯、閒聊著。本日主餐是難得的隔夜豆芽菜，一抬到眾人面前，很快就會前輩們爭先奪去。另桶長滿白毛的豆干，則除阿文外誰也沒動。

「搞不好那是葡萄球菌，傷害不大，或許還會對身體有益。」阿文苦澀地大嚼豆干，他的指甲已發紫，身體狀況要再好轉，恐怕是不可能了。

「這麼博學，乾脆別在這混，當科學家去，要不然去考區公所！」聽阿文那樣自我安慰，B揶揄道。

阿文聽了，也只無奈地回道：「有考了，但第一關就被刷下來。」

「我只是說說而已，真沒想到你還真的去考？有讀 SWOT 嗎？讀那個對素食店有什麼幫助？」B說得前後毫無接續，但在場的沒一人提出。

「讀越多，毒越多。」唯D搖頭補述。這話一出，在場的前輩都笑了。而阿文則悶著頭，繼續吃著碗裡的東西。

不多時，B抓抓邋遢的髮，碎念說道：「日子越來越不好混了，以前要吃飽，只要賣點勞力就行，現在要活得正正當當，還得有後台靠。」

用筷子敲了敲碗，B呼了口氣：「譬如D，以前是建築師的料，可惜沒位，初年是某兒上補，下年又是某兒遞補，到第七年還是內定。」

「淨是霉味。」被提到的D感嘆地搖了搖頭。

接著，B又說了：「S也是。S以前是老師的質，南征北討，報名費灑不停，儲蓄就獻給影印店、書店、和人事的點心費。哈！強如D、S，大家還不都縮在這吃同樣的飯？」

「都是時運。」聽B如此大談闊論，阿文愈發憂鬱。他心頭暗自忖度，若先比B來窩這裡，還需啃這些豆干？

眼見阿文越來越哀怨的模樣，嚼了口豆芽菜，S靜靜說道：「做哪行，就要遵守那行的規矩，別在那怨嘆。找個能安居的所在，不就是個踏雪尋梅。」

「到底是梅還是霉呢，國文老師。」B又開口嘲弄，前輩們又笑了。待笑聲奚落，又看時間差不多了，眾人趕緊各自扒飯，不再多說。

時間快到了，餵豬的就快來了，會把這些保命的餿食帶走。

可是才吃不到幾口，眾人卻近乎同一個時間碰地放下碗筷，全朝櫃檯那端眺去。

——他們聽到櫃檯那兒，有遞交紙本資料的聲音。

櫃檯前站了個還稚嫩的青年，臉還仍白淨，眼下沒黑眼圈，他是來繳履歷。看那落寞的神情，眾彷彿都跨入回到過去的蟲洞，窺見方入坑的自己，因碰的釘子太多了，怎樣都無法展抱負，連最根本的人格尊嚴都被踐踏得一無是處。

當眾人各自的苦澀湧上心頭的同時，原資歷最淺的阿文率先朝那新人大聲一喊：「學弟！」

阿文熱情之盛，整桶豆干都抱了過去，咚地放到新人面前：「餓了？吃些，還熱著！全你的，桶子底下有墊肉脯！」

以此句為契機，所有前輩都站起身，以殷勤的笑靨對向這個新人。

「歡迎，新人！」

受了多年冷嘲熱諷、冰言凍語，一下子擁有這麼多的關愛，新人不禁感動得熱淚盈眶。

「吃吧，別流淚了，來了就是一家人，我們都會照顧你，不會有誰欺負你的！」

畢竟，人還是人，人還是充滿人性的。

在這設在豬圈底下的員工食堂，充滿了溫情。

萬聖過後

「這要我們如何得活！」農人代表拍桌忿喊。

「就照你說的！種稻穀的田全改種南瓜，說會大賣。這下可好！呸！大滯銷，南瓜繞了市場一圈，全又滾回村內！這大虧你要怎麼賠償我們！」

聽了農人代表的抗議，委員往椅背一靠，金屬擠壓磨擦，發出刺耳的嘰軋聲響：「冷靜點，別因虧本就昏了頭。理性想清楚點，我只是告訴你們有這種可能性，誰要你們種？」

「別欺人太甚！有就是有！」

「那麼，有簽合約嗎？」面對大群農人，委員絲毫不減從容。打開抽屜，安閒地取出包裝鑲有金邊的巧克力，賞玩一番後品入嘴裡。而後，取出指甲刀，氣定神閒地修起指甲。

「……合約？」這陌生字眼，足讓目不識丁的農人結舌。

「對，沒合約，怎能血口噴人喊是我要你們種南瓜？我只有勸，誰又要你們定要這麼做了？合約就是合作的證明，你我有合作？」

「你！」生在純樸農村的只知人以信為本，說一就不吐二，怎會熟悉這種功利的東西，見委員拿出文紙壓人，火氣更旺了。

「我們哪會知道那種東西！」

一吹指縫的屑，委員瞅了眼掛在牆上那對曾號稱為象王的象牙，而後慵懶開口：「不如這樣，我不跟你們計較砸壞玻璃門的這件事，也不會叫警察，過去就過去了，來簽個新合約。」

「事到如今合約有什麼用！賠都賠大了！你要先讓我們虧的賺回來啊！」

「不，不僅讓你們賺回來，還是大賺特賺。」委員嘴角一撇，以指尖把無框眼鏡往上推。

純樸者聞委員信誓旦旦地這麼說，又有「賺」這關鍵字，相覷兩眼，多靜了下來，不靜的也被夥伴壓到靜，靜待委員發號的下句話。

待指甲修得差不多了，委員才又繼續開口：「萬聖節過後還有個『聖誕節』。把南瓜全弄成紅的，換個名目去賣就好。」

「弄成紅的？搞屁！」一聽委員說出天方夜譚，農人的火氣又高漲起來：「而且南瓜放那麼久，味不鮮又要怎賣！」

「有這個不就成了？」委員從秘書遞過來的密封盒內取出一根針頭，接著揚起頭說道：「注射後，南瓜就會又鮮又紅。」

見純樸者半信半疑，委員取出一顆新鮮南瓜當場測試。注射不出幾分鐘，南瓜整個真就紅得澈底，切開的肉也呈現柿子色。

「待聖誕節過了，再注一枚，紅得更燃。新年喜氣，要做火鍋配料、南瓜派都很不錯，七年內色不會褪，肉也不會壞。注射口記得切掉，免得受猜疑，記者如果來問，就說農業技術突破就夠了。」

委員的語氣很稀鬆平常，農人則全瞠了眼，他們從未見這種非天然的魔法。

「配方我會免費告訴你們，回家私做去。合作的酬就照舊，賣出的錢八二分，沒賣出的你們回收。這年頭人愛特色。放心，穩賺的。」說罷，委員取出筆紙：「簽不簽？」

「這……」

「簽了，是給你們生機。不簽，南瓜自行想法子，合作就此中止，我會把這賺錢的生意轉給他人，比你們更急著想賺錢的，後頭排的可多著呢。」

見那農人代表貌似猶豫了，委員再補上一句。

「老趙，你我認識多久，我哪次不為你著想，也哪次不知你腦子的想法？急讓老人家入土為安才出此下策？放心，融資手續有什麼難的，我打個電話過去就成了。」

委員都說到這田地了，爾後簽約順利，便不再贅述。

待農人們全退去，一旁秘書忡忡地問向委員：「食安來查怎辦？那藥劑可是……」

委員右手一揮，聳了聳肩，抖出方熱騰騰的合約：「我簽的可是『收購新鮮南瓜』，那紅南瓜特產可是那些農人自個兒研發。以為簽了名就算？連夾頁裡寫了啥都不看，就是笑話。」

「這樣農人會殃禍的。」

手一掃，委員讓色變的南瓜與針頭沒入垃圾桶：「我們做的是民政的工作，又不是研發，更不是中盤商。況且配出那藥劑的地方，不正是他們自個兒家？」

秘書答不了話，只能轉為靜默。

「噢，對。」一轉筆，委員對秘書補問一句：「鄰村的特色雪人衣做好沒？準備要賣了。」

另一頭，農人們興匆匆攀到山頭，和一名外貌木訥老實的事務人會面。

事務人見到農人身影，立刻迎上問道：「成了？」

「成了！成了！」會合那誠實的人，農人代表喜匆匆把合約和藥劑遞了上去。

「果真沒錯，真跟大爺說的沒錯！那食髓知味的渣……那個叫A的渣果，果然會耍這種賣人的把戲，果真會簽合約、會給我們怪藥！呸，別以為僅你懂一些文人遊戲，我們也會！別以為會搞一些小手段能欺負人，草蜢聚起來照樣猛！立國之本在於農、工啊！」

事務人對農人代表的憤慨不多附和，僅沉默地將兩項東西收進鑲鑽的手提公事包，而後以澄澈認真的視線對向眾人：「感謝你們，這下惡人將受到懲罰，我們終能一起收成善果。」

深深一鞠躬，事務人再感性地補上一句：「放心，將土地借給我們公司來蓋大樓，必定會利滾利。堆土機已在山腳下，現在就等你們點頭了。我們一定會很順利的。真的，請放心吧！」

落成

再過不久，「星河」大樓就要落成了，這棟高聳的建築可謂跨時代的新指標。

「星河」並非世上最高的大樓，然外觀設計與內部設備的新穎概念，卻造就了跨時代的里程碑，絲毫不負其「星河」之名。

「終於完成了呢！」

「是啊。」

窮創作者和朋友一齊站在大樓前，仰望直達天際的那端。

窮創作者渾身顫抖，並非因天氣寒冷，而是太過感動。

——終於完成了，此生最重要的作品完成了！

「……託你的福。」朋友拍了拍窮創作者的肩：「若不是你，這個地方永遠都只會是一塊用來種農作物的荒地。」

窮創作者未以言語回應，只閉上雙眼，細細回憶這十年來耗費青春、忍受多少無人所知的種種辛苦。

那一天，多年不見的朋友突然到臨窮創作者的工作室。

當一身名貴的打扮進到滿是灰塵的室內，兩人的社會地位差距隨即顯現。就算如此，朋友並沒有擺出高傲態度，反之請窮創作者坐下，說他想與窮創作者講講話。

然寒暄未超過十句，朋友便從鑲鑽的手提公事包內取出一個大紅包，雙手遞給窮創作者。大紅包之厚，若省吃儉用，絕對夠讓單身的窮創作者活個數年。

但窮創作者對這驚喜並未眼亮，反而謹慎地問道這是用來做什麼的。

「我希望你蓋一座大樓。」對於窮創作者的疑慮，朋友毫不隱瞞地回應：「一座足以顛覆傳統設計，兼具娛樂、消費、辦公、頂樓為景觀餐廳的綜合大樓。」

朋友深知窮創作者的實力，找上窮創作者，並非過去的交情，而是早從求學階段，窮創作者獨特的天資已極其突出，僅差不懂得如何包裝作品。

若欲在這創意近乎飽和的時代有所突破，勢必需要他。

朋友深深一鞠躬允諾，大樓完成之刻，窮創作的生活將會澈底改變，不再與過去相同。

當朋友都這麼做、這麼說了，窮創作者便直接一拍胸脯答應。窮創作者這樣乾脆，絕非見錢眼開，而是為了朋友。對方是朋友，為自己著想且深知實力的朋友，雖是已數十年不見，但窮創作者深信彼此的友情從未因外在條件而改變。

朋友順利送出大紅包後，便呼喚外頭待命的侍從，送上飯菜與杯酒。

「合作愉快。」接著，朋友自己先倒一杯紅酒飲盡，敬了這次的合作。

觥籌之後，窮創作者立即開工，筆桿以極快的速度在設計圖上揮灑。

不出幾天，大樓的輪廓已有粗坏。一個月後，內部設備、管線系統以及防震、防風、防爆等概念皆一應俱全。往後，無論朋友想追加上什麼功能或設施，窮創作者都盡可能滿足需求，盡可能以最短的時間修改。

就這樣，朋友一次又一次接了上級天馬行空的指示，窮創作者就一次又一次修改原稿，一次又一次達到那些全然不合理的要求。

往後十年間，為能專心一志，窮創作者婉拒除這棟大樓外的所有設計案，一心為這終極計畫付出。正因如此，除了朋友給的那些錢外，窮創作者完全沒有收入，但他一點也不在乎，他想報答朋友的知遇之恩、賞識之心。

「我相信你的才華。」

自從決定踏入目前這工作以來，從未有人這樣對他讚賞過，朋友的話比什麼都還可貴！也當然，不諱言的，如此卯足全力，窮作者也是為了自己在奮鬥。

「『星河』，它叫『星河』。」

每每靈感快要枯竭、身體快要支撐不住、精神快瀕臨極限時，窮創作者總會聯絡朋友，告訴朋友這棟大樓的名字。他是設計者，他有命名的權利，他的作品將光耀這個時代。

「『星河』？嗯，『星河』。」朋友聽了聽，也只是笑笑，從未正面回應

就這樣歷經十年，窮創作者耗費畢生的才華與精力，也捨棄了其他人生規劃，為了就是讓「星河」佇立。如今，「星河」終於快落成了，窮創作者與朋友正一起享受這璀璨的成果。

然正當窮創作者想問朋友這大樓的名字是刻哪裡時，一輛高級轎車剛巧向這裡駛了過來，停在兩人的不遠處，幾名保鑣前去迎接、招呼、開車門、提東西。從車內出來的，是個西裝筆挺的壯年人。

朋友一見是壯年人，立即拋下窮創作者，連忙趕了過去。

「董事長。」朋友喚那壯年人，並深深一鞠躬。

「喔！就是你啊。」被稱作董事長的壯年人看到朋友，露出欣慰的神情與他握手。

「我剛剛聽說了，這棟大樓是你獨自設計的……」

「您過獎了，董事長。這是我們團隊共同的成果。」

壯年人滿心地微笑，認為招攬到一位謙虛有禮的奇才，是他創立這公司以來最大的福氣。

然而寒暄空檔，壯年人瞅見不遠處有個與這輝煌之處絲毫不搭的衣衫襤褸者，不知在原地觀望什麼。壯年人嘖了一聲，不悅地問道：「那個人是誰？又是來抗議的農人嗎？為什麼不趕他走？」

「噢，董事長……」朋友稍瞥了眼那個在原地不知如何是好、又聽不到這裡對話的窮創作者後，向壯年人回答道：「董事長曾說過，我們公司力行公益，以愛心服務社會。那個需要幫助的人剛好來求助了，我們應義不容辭，給予他溫飽的一餐……如果董事長覺得不妥，我還是馬上……」

「不，很好！做得很好。不錯，有愛心的年輕人太難能可貴了！」壯年人予以鼓勵：「像你這樣肯付出、有愛心、又有實力的，這社會實在太少了！」

朋友得到壯年人這樣的評價，又謙虛地鞠了個躬：「哪裡，為公司的名譽而奮鬥，這是應該的。」

這天過後，窮創作者再也沒見到朋友了。

不過，朋友的承諾確實應驗了——大樓完成之時，窮創作的生活將會澈底改變，不再與過去相同。

毫無收入的十年之間，窮創作者陸續變賣家中能賣的東西，甚至連工作室也典當去了，更糟的是還因營養不良染上重症。

來不及觀望落成典禮，在一陣重咳之後，便從悄然離開人世，沒有誰注意到這件小事。

另一方面，落成典禮就在朋友以「設計者」的身份偕美艷的妻子，在數萬人擁戴下，揭開大樓之名——「皇臨尊爵」的瞬間，畫下最完美的句點。

當典禮結束後，朋友隻身回到專屬辦公室，將鑲鑽的公事包扔到一旁，便愉快地將雙腳跨在桌前，把玩著原放在桌上掛有「經理」頭銜的牌子。把玩之間，順手就將窮創作者臨終前寫來的最後一封信投入碎紙機。

那封信的內容，再再提醒朋友，大樓的名字是「星河」，一定要把這名字刻在明顯好辨識的地方。可是朋友一點也沒興趣知道，裡面到底寫了些什麼。

「下一棟大樓該要由誰來蓋呢？足以超越這棟大樓的……」

現在的朋友，想的只有這件事。

10塊錢

阿朱正猶豫著，撿到的10塊錢，該不該乖乖交給老師？學校課堂裡總教導學生要以誠實為重，要做一個誠實的孩子。每每週記成績都是那些貼日行一善新聞的同學較高分，若主動做善事，還能多得到鼓勵卡。10塊錢雖不是天文數字，但公開表揚應是少不了的。

從未在成績取得優勢的阿朱，小腦子裡掀起趁勢奪得榮耀的企圖。

然正打算昂首闊步往老師辦公室走去時，他猛然想起上星期阿翔撿到一張1000塊紙鈔的事。那時阿翔沒交給老師，反而用來請大家飲料，如此豪邁的義舉，隨即得到好人緣。幾天前他的水彩筆不知被誰偷去時，許多人都挺身出來幫他。阿朱那時也分到一杯羹。免費汽水喝起來好愉快，好難忘。

阿朱猶豫了，是否也該用這10塊錢，為人緣做一份投資？可是這麼做了，豈不就對不起良心？

阿朱打不定主意，反覆折騰了兩天，最後決定向朋友阿尚傾訴。每次作業都給阿尚抄，所以他必定會幫忙想辦法的。

「丟回路上不就好了？」早熟的阿尚聽了阿朱的苦惱後，隨即提出這樣的建議。阿朱認同地點頭，這樣好，直接就能撇去不必要的麻煩。

「但我會去撿。」

然而，想誇讚阿尚的念頭都還未成型，隨即就被這句突如補上的玩笑所打散。

「不可以這麼做！」阿朱嚴正抗議。

眼見阿朱氣急敗壞的模樣，想了想，阿尚又以爽朗的笑聲答道：「那用來請我吧。」

阿尚的這番話，開玩笑的比例是占多數的，但一看當真的阿朱整個臉氣到通紅的模樣，阿尚也不痛快了起來。

「為什麼不可以，我幫你分擔煩惱耶！」

「不要！不要就是不要！」阿朱大聲喊著，雙手抓緊藏有10塊錢的口袋，像守住夜明珠那般。

眼見對方不講理，阿尚一個惱怒，仰頭便朝走廊大聲呼喊。

「阿朱撿到錢！撿到好大一筆錢喔！」

阿尚一嚷，聽到的同學隨即擁了上來。一口氣迎來這麼多視線，恐慌未成型，阿朱下意識先調頭跑了。

而這緊張的動作，也讓子虛烏有的事，在同學們心中成為不可撼動的真實。

「阿朱要私吞，追呀！」

不過兩、三分鐘的光景，一個告訴一個，一班傳接一班，全來搶阿朱手上的寶物。

即便牆上貼滿不得在走廊奔跑的標語，大家依然猛力邁開雙腿。

「跑這麼急，一定很多錢！」

「比 1000 塊還大！」

「10000 塊的鈔票！」

「是一兆兆！」

追的人越來越多，喊的數字越來越奇葩。

最後，阿朱喘不過，他摔倒了。同學們全像飢餓的蝗蟲般撲了上來，一下子就把阿朱淹沒，翻遍他身上任何一處，把口袋裡所有東西都搜走，不只撿到的10塊錢，連手機、小玩具、其他零錢都被瘋狂的獸爪扒光。

當那個10塊錢一易主，重點便不在阿朱了。

也不管當初喊的數到多高，同學們的視線全被那枚銅板吸引住了，那擄走銅板的手瞬即成為新的被追趕對象。整個走廊又掀起新的熱潮，人潮與聲音轟地到另外一處去了，漸行漸遠，再也沒有誰留戀此地。

現場僅剩衣服被扯破多處、身上滿是腳印與抓傷的阿朱。

他身體很痛，不懂為什麼會遭受這種迫害。

他只能哭，無助地哭，嗚咽地哭。哭著哭著，思緒不知不覺浮現出了想像。

他以那枚10塊錢買了瓶汽水，大口大口地喝著，雖是便宜貨，在夏天的樹蔭下倒也痛快。然後，從口袋裡取出另一個10塊錢銅板，交給了正直的S老師，S老師相當讚許阿朱的誠實的表現，很快就向校長推薦了他，阿朱在週會時上臺接受校長表揚，臺下同學的掌聲，無不顯出他們的景仰與認同。

一想到這裡，阿朱滿是淚水和鼻涕的臉噗地笑開了。

獨一無二

「朱醫生，我好不甘心啊！」

「放心，沒這回事。」

「朱醫生，我好不甘心啊！我不想只成為『六十六億』的其中一個！」病人不斷地對醫生訴苦，心中滿是不甘和悲傷。

「朱醫生，為什麼我活著只能是數字中的其中一部分？球隊的五十分之一，校排成績前百名之一，徵選上的七百分之一，學院學生三千分之一，歌劇聽眾六千分之一，地球上可悲的微小之一……為什麼這個世界只有數字……永遠只是數字的一部分？為什麼？好不甘啊！」

「不會的，你可別想這麼多。」醫生回應著，從胸前口袋取下綠筆，並在紙上寫了一些字。

「朱醫生，你認為這麼悲傷絕望的我，會去自殺嗎？」

「你可別想這麼多啊！這世……」

「嘿嘿。」不等醫生說完話，病人癡癡地一笑。

「放心，朱醫生，不會的，我不會去自殺的。去自殺的話……也只是『每四秒就有一人自殺』這個數字的其中之一而已……所以，我不可能去自殺的。」

「你能這麼想，很好啊！靜下心來，先聽我說。」醫生稍稍停下手上的筆，望向眼前的病人，並認真地說道：「你是獨一無二的。」

病人震驚。

「世界上只有一個你，天底下只有一個唯一的你。你要這樣想啊！想想看，即使世界上有許多跟你名字相同的，那個人跟你是完全一樣的嗎？就算外表相同，那家世背景、朋友、以及你的一切會一樣嗎？數字又怎樣，你是獨一無二的啊！你會運動、會畫圖、會歌唱……這樣很好啊！不會有人跟你一樣，你是獨一無二的。就像我姓朱，所有姓朱的都會是相同的嗎？」

「獨一……無二？」

「對，你是獨一無二的。」

「可是……」

「可是什麼？」

「不……沒什麼。」

「想開點，你只要懂得自己是獨一無二就好，你絕不是數字上的其中一環。」

病人低下頭沉思，嘴裡斷斷續續碎著讓人聽不懂的語句，過了數分鐘，這才喃喃說道：「朱醫生……我想……我稍微懂了一點，謝謝你。」

「不會。記得喔，你是獨一無二的！」

「好的，謝謝朱醫生！」聽完醫生的叮嚀，病人滿心離開座位，離開診療室——帶著安心的神情離開。

「呼，累死了！」

當門完全闔上，醫生招了招手，命護士過來收資料。

「紀錄一下，剛剛那位病人，是今天的第87位，他是今年第3位擁有罕見精神疾病、今天第7位接受心理治療的患者。還有，他是這個月第1位在本院智力超過140的，另外把這些數據也備份起來，處理好後再彙整給我。好了，請下位來吧！」

素食

這是某日某時，偶然發生在某大學一隅的事。

「真夠可笑的。」一眼見對肉退避三舍的素食主義者，胖子咧嘴笑著：「不敢吃肉的根本沒資格稱作男人！肉多好！」

對於胖子過度偏激的論點，素食主義者不以為然，淡淡回應了一句：「吃肉的就是男人？」

「不然還是什麼！娘兒們，儘管啃你細嫩的草吧！」

語畢，胖子便揚著他那沙啞的笑聲離開現場。而素食主義者則繼續吃夾著苜蓿芽與果醬的土司，絲毫不受影響。

四年過後，胖子因投資失利而瀕臨破產，過起有一餐沒一餐的日子，身材也逐漸消瘦了下去。就在他絕望如遊屍走在街上，猛然發現一家自助餐店的顧店者走入廚房，那靜置在案上的一盤盤食物，沒有任何誰監守。

胖子他已經不知多久沒吃正常的東西了，腦子已無法思考太複雜的事情了，他只想快點吃。就算被抓……被抓以後再說吧！

當他意識到這段思緒時，他早已撲在一盤又一盤的食物上，就這樣不斷塞、拼命塞，也不管到底吃的是什麼。他實在是太餓了。

「誰在那裡做什麼？」

然這般讓他痛快的事還做不久，顧店者便從廚房裡探了出來。

胖子一陣驚，吃得正酣突然被這麼打斷，根本來不及做任何心理準備，滿嘴硬塞的食物要吞也不是、要吐也不是，一陣倒抽的氣就這麼岔在咽喉，旁人也急救不及，胖子就這麼兩眼翻白，硬生生噎死了。

看著救不回來的胖子被救護車抬走，又配合警察做了筆錄，身為顧店者的素食主義者，默默地嘆了一聲。

這家店賣的，全都是素食。胖子那再也合不起來的嘴裡滿塞的，全是綠色的嚼碎物。

雙子

第一次與白影相遇，是我國中的時候。那時我正面臨人生的轉捩點，講白點，就是叛逆期吧？

與白影相遇的那一晚，正處於情緒這般不穩定的巔峰期。那一天，是我的生日，可是整天下來做什麼事都不順心，看什麼都不順眼，不僅考試失常、與朋友不合、比賽失誤，午餐還被撞倒灑了滿地，回到家又因小事而跟父母吵了一架。

所謂的小事，就是家人一致通過要在這晚參加老爸論文發表的慶功宴，誰也沒理睬這天對我來說有多重要。

當車子一駛離車庫，開得越來越遠，頹坐在客廳的我，眼淚情不自禁地撲簌簌地落了下來，透天屋子裡又只剩下我一人，這是最糟糕的一天。

正當我的心頭快因這檔蠢事，而萌生出什麼破壞性的衝動，驀然發現，對角的椅子上好像「坐」著一個白影。

白影……回想過去初見的畫面，還是只能用這個詞來形容。身體的輪廓不清晰，好似濃聚成一團的白霧，隱約之間能分出來哪裡是手腳，可是才眨個眼又搞不清楚了。

不知為什麼，我並不怕這個白影，也不覺得會傷害我。

我開口問向那個白影：「你是誰？」

白影沒有回答，就只留於原地。

「你是誰？」我又再問，白影還是沒有回答，可是我總覺得能很安心地與白影說話。這種安心感，使我又好奇多說幾句話、多問幾個問題。面對我所說，白影都只靜靜地「坐」著，什麼反應也沒有。

呆愣這樣平靜無音的白影，我頓時有種莫名的激動情緒，如潰堤般湧現。

我再度哭了，放聲大哭，整個空蕩蕩的透天房子裡，全是我窩囊的哭聲。

我哭著對白影傾訴我的苦處、我的煩惱、我的憎恨、我的哀愁，以及我的寂寞。可是無論我多麼激動，白影都沒有回應，只靜靜地「坐」在我的對面。唯有我起身移動位子，我才能感受到白影的「視線」轉向了我。

就這樣，整個晚上，我一直對白影單方面說話，直到我累了、哭不出什麼了。起身去洗手間洗把臉，回來到客廳時已不見白影的蹤影，怎樣也沒找不到，數小時間的「談話」，好似不曾發生。

自從這個這天後，白影正式進入我的生命。

當我生活中遇上什麼困難或心境上出現什麼糾結，白影便會無聲無息出現在我的身旁。

偶時睡覺翻身，會感覺棉被好像從後頭動了幾下。這種時候，我從來不回頭，只習慣地把最近發生的事情說出口。當我倦了、靜了、想睡了，身後的那種感覺就隨著睡意漸漸消失。

面臨國中考高中的大考時，白影徹夜都沒有消失，伴在我身旁，當我讀累了，就會跟白影說點話，白影雖還是不發一語，但每每「溝通」完了，我的思路就更清楚了。在白影的陪伴下，我順利進入理想的高中就讀。

與同儕考完慶功宴結束歸家的那一晚，白影沒有出現。

上了高中，團康活動變多了，與他人相處的機會變多了，我也比以前更能打理自己的情緒了。然而當我期待與白影分享喜悅時，白影卻越來越少出現了。就算我故意跨坐在六樓的圍欄，白影也不會因此現形。

高中考大學的前夕，女友不斷傳來簡訊向我加油勉勵，雖然我覺得開心，但總還是多少落寞。白影沒有陪伴我。

待考上大學，即將離開家鄉到外縣市、與家人的相處較融洽了，在偶然的餐桌談話間，我與家人說了白影的存在。

媽媽聽了我所說的故事，不知為何沉默了，似乎是在心底斟酌用詞。稍時，才跟我說道，我曾有一個哥哥，一個沒有誕生的哥哥。當年，做了試管嬰兒的媽媽成功孕有兩胎，然當胎兒已有輪廓時，媽媽卻患了大病。怕病毒會影響孩子的健康，與其讓生下來的孩子一輩子飽受殘缺，倒不如讓嬰兒重回天主身邊。

痛定思痛下，媽媽用個樸素的水果盒裝了數疊鈔票，請託某名醫幫她做手術。名醫是同意了。但不知為何，無論下多重的藥、以多破壞性的方式，那個還未成形的「哥哥」都為我擋下所有禍害，就算身體爛成一團，還是擋在刮勺前，不讓一絲一毫外力能傷到我。

直到媽媽與醫生宣告放棄，那個「哥哥」才像是放下什麼重擔般，在內視鏡下瀉成一道白霧散去。

「該不會那個……白影就是哥哥吧？」聽了媽媽這隱瞞數十年的故事，我忍不住呼出聲。

「子不語怪力亂神。」可是當我想追問時，作為學究教授的爸爸，卻以離席表示拒絕繼續談論這個話題。

只不過，這並不影響我對白影是哥哥這件事的認知，且越加深烙在我心底。直到入了社會，依然不時會想起這件事。

長大之後，與人的交際應酬越來越複雜，需要處理的事務越來越多，越來越瑣碎，不僅實習工作要做好，還得被派去參加比賽，為服務的地方爭光。不知不覺間，白影淡出了我的生命，白影不再出現了。

好幾次加班，都好希望白影能坐在我身旁的空位子上，不回答任何一句話也沒關係，「視線」沒有看我也沒關係。可是無論我怎麼刻意去想，白影就是不會出現。

直到訂婚那天，才終於……再度與白影「相遇」。

那時的我得了婚前憂鬱症，明明應是大喜日子，但不知為何渾身都是不愉快的因子。當紊亂的腦子裡冒出想逃離這個麻煩世界的想法時，我的身子不知什麼原因從暖床上起來。

可是當我一看到「坐」在床邊的白影……「坐」在我熟睡的未婚妻身旁的白影，什麼理由都不需要了。

這一次，我清楚地看到白影的「手」了，白影的「手」撫觸了床單上濕潺未乾的一角。

我對白影說話，說我想念白影。

我很想跟白影說話，可是又怕吵到未婚妻。我盡量壓低聲音，可是還是忍不住越說越急促。我想對白影說好多話，可是說出來的語句卻越來越哽咽，字與字之間都噙著的淚黏在一起了。

白影依然如同過去，只靜靜地「坐」著，沒有回應任何話。

當我用衣袖抹了抹糊掉的視線，想再與白影多說兩句話，白影又消失了。

翌日，我與妻子說了白影的故事，她一笑置之。

「你們家已經出了一個教授，要再多一個通靈大師？」她這麼說的。

我沒有任何證據能夠證明白影是存在的，但我確信白影確實伴在我的身邊。

白影沒有再出現，可是我知道白影在，我如此深信著。

十個月後，孩子出生了，我匆匆南下，趕赴最欣喜的一刻。

然不知為何，當我一跨入醫院大門，整個醫院、整個城市頓時起了白色的大霧。當人們疑惑、不當一回事、慎懼、感到麻煩時，我的腳步則是放慢了。

我深深吸了一口氣，不再慌張急忙、不再焦躁不安、不再對於繁重的社會遊戲感到憤慨，心情全都平靜了下來。當霧氣染過我的肩旁，不知為何，我的嘴邊自然而然脫出了一句話。

「歡迎回來，哥哥。」這些沒有具體形軀的白霧，是哥哥對吧？白影，白霧，哥哥，我的雙胞胎哥哥，雙子的另外一人……

「哥哥的這輩子，就換我照顧你吧。」

放心吧，哥哥。

我不會像哥哥你這樣，老是任性消失的。

恆溫旅行

啟用儀式後，家屬就不能再與他見面了。

打算成為「大體老師」這件事，早在他五十歲時就說了，說是受尹梅義感動，便定下如此決定。那時的我們都覺得這只是個玩笑，誰也沒把這話當真。

直到他彌留時，真的有一些人來找他了，還來做了一系列的事前診斷、安寧建議與後續處理，我們才正視起這問題。他們說會讓我們認識是哪幾位學生上課，中途會做怎麼樣的訪問，學期課程結束會進行火葬，永久安奉在聖園裡。

關於他的這個決定，姊姊是最反對的。她無法接受家人被一群尚未成熟的醫生千刀萬剖。無論他生前多麼惡劣。

對於往生後軀體會被反覆切割又縫補，他曾一派輕鬆地說：「就當作是被誰報復吧，誰不是一出生就背罪呀。」

相比幼時的印象，現在的他變得如此豁達，我和姊姊都不敢相信。

見最後一面那天，只有我和姊姊到場。他的前妻、與前妻生的那個患精神疾病的女兒並未到場。儀式簡單又隆重，能感受到這些老師與學生多麼重視「不語的教育者」。

「不語的教育者」……對他們來說，是視他為一堂寶貴的課程呢？還是難得的樣本呢？又或者那些敬重都只是做個表面、讓家人安心而已？事實上是如何，恐怕我永遠都不會知道。只覺得當老師與學生對著他橫躺的身體深深一鞠躬，參雜過去種種愁緒與思緒，彷似隨著他的身體被帶走，就這麼告一段落了。

想再回溯憶起些什麼細則，似乎也變得相當困難了。

「你覺得，這是對的選擇嗎？」

打理完剩下的手續，並陪姊姊到車站後，我打了電話給妻子，妻子開車來載我。一進車內，妻子就這麼問我。

「誰知道。」我回答，我動搖不了他的任何決定。

「既然這樣，乾脆就領回來呀，反正法律又沒依據，就說家裡的兄弟意見分歧，最後決定還是不捐就成了？」

「我就說不知道了，那是他的決定！」

聽我帶有埋怨的語調，妻子抿起嘴：「對不起，我沒顧慮到你的感受。」

「不要緊。」我也對自己過度激動的態度感到抱歉。

「真的，不要緊。」稍吸口氣，我試著讓自己冷靜。

垂首，雙手掩著頭。不要緊，他是如此惡劣的人，不要緊，我不會因為他的離開而感到悲傷，不要緊，他早就不在我的生命藍圖了。

可是到頭來，我還是忍不住了，遲來的情緒還是湧現了。對於親人的離去，我終究還是感受到了，終究從恍惚般的夢中醒來，體驗到親人離去的失落與痛苦。

堅強的我……自認堅強的我，還是忍不住掉下眼淚了。

「不值得，根本沒必要……」

我試圖說服自己，說服自己掉淚是多麼沒必要，可是無端湧現的哀痛心情，並不是我所能阻止的。到頭來，關於他生前的任何一件事，都不是我所能決定的。

他身為我的父親，不是我能決定的。他的壞，不是我所能決定的。就連……

從我有記憶以來，生前的他非但沒做過什麼大事，還惹出不少無可挽救的禍害。

在我很小的時候，曾為了還賭債，差點要把房子賣了，家人們好不容易湊足了錢，幫他還了債務，他又借錢去賭。當債主找上門時，他連個影子都不見。家裡值錢的全都被蠻橫搜去，根本不管我們的死活。保護我和姊姊的哥哥，就在那時候被打到腦溢血，還等不到當上正直的律師，就先被不公不義奪去生命。

關乎這個悲劇，他的嘴從未吐露半點歉意，只喃喃說他會戒酒癮，也不再賭了。可是就算不再賭博，他也沒去找工作，只賴在家裡吃白飯。

待我開始上學，三不五時還會跑到學校裡面，說他是我的父親，空著嚷檢查營養午餐的名義，來學校白吃白喝。老師們給我面子，沒戳破他的謊言，也沒把這件事宣揚出去，還煞有其事地請他填寫檢驗書，等他吃足了，就把他放出學校。至始至終，我都不認他。

高中的時候，我好不容易交到女朋友，晚上在公園相互抱住的畫面，不小心被他窺見。他並未因此怒斥或懲罰我，反而對女生露出猥瑣的笑容，並說道：「想要跟我家兒子上床？一次三千元。別到旅館了，太浪費錢，家裡的床比較軟，我會到很遠的地方抽根菸。」

當女生淚汪汪地看著我不知如何是好，我第一次有想殺人的念頭。

在這之後，又出現很多次的之後，總之他的出現無一不帶給家人麻煩。在家無聊了幾年，沒人與他說話，又得不到溫暖，受不住慫恿，還是重回賭場。他想的，或許是至少當砸上檯面的錢夠響亮時，還有人稱他大爺吧？

不過比起過往稍微好點的，是他再也沒辦法用房子來抵押了，沒了錢都就縮回家裡，有了錢再出去闖。畢竟他名下的所有不動產，在外公的幫忙下，全都過戶給成年的我和姊姊了。

他的惡行就在反反覆覆間，消失又重現，重現後又消失。直到他總算被債主追到，而被砍斷腳筋後，這樣的輪迴才告一段落。

那時的我已經有自己的家了，根本無暇管那個間接殺死我哥哥的犯人。

就算如此，畢竟以血緣來說他還算是家人。我還是隱忍心頭的怨恨，扛著他，讓他的血弄髒我的車，送他到診所去。

幫他治療的診所是我隨機扔下的。沿路看到能醫療外傷的小診所就扔下去了。那晚為他治療的醫生，就是尹梅義。

尹梅義技術高超，說話柔和，這是他傳達給我們評語，我一次也沒看過尹梅義，只覺得或許是個庸醫，庸醫才會在偏僻地方開小診所，靠著一些偏方胡亂開藥，小病吃一點，大病吞一罐，毫不費力。我也確實有一時的想法，想著乾脆就讓庸醫隨便瞧一瞧，讓他傷口惡化，最後敗血而死。

所幸尹梅義沒讓這惡念頭成真，在為期一個月的治療下，他的腳筋復原了。不僅如此，尹梅義好似順道治療了他那顆骯髒又空虛的心，出了診所後的他，儼然換了個人。

「我差點失去的不是腳，而是我的命。」他出診所後所說的第一句話，語調比起過去沉了許多：「我的命，應該用真正有意義的地方。」

這樣的改變，雖一時無法適應，但我還是默默接受了。

後來，他確實做了些事，似乎真的想做點改變，就算是小到不行的事。比方穿上白領深藍色的制服做起志工，比方幫社區板球比賽撿撿球，比方幫忙社區一起到山裡除掉那隻傷害人的鴞，比方清晨在街口撿撿狗糞。

有沒有意義我不清楚，只知道當他勞動完回到家，總是悵有所思的模樣，我也不知該如何開口評論了。

在這個時候，我突然想起啟用儀式時，那主持的神父對著參與儀式的眾人、將與他一起上課的老師、學生所說的一句話：「他的身永不冰冷，因他的所在，帶給了我們永恆的溫暖。」

或許，或許真的是這樣吧，或許他所想、所做的就是這樣吧？他或許真的是想為這世界多彌補一點點的事情吧？在他生前，給人的溫暖太過貧乏，就算後半輩子多做了善事，他依然覺得不夠，所以才要藉由其他時間，多帶給他人些什麼。

我管不了他，那是他的決定。往後的事情，就先這樣吧。

至少、至少……在他受無數刀鋒洗禮下的軀體被放入靈柩、即將火化讓他的靈魂前往另個國度時，數十名有為青年對著他，真摯地敬禮了。

「謝謝您，老師。」

對著一個生前作惡多端的他，他們這麼感謝。

失物

老爺的東西不見了，這僅是件小事。

失智又患精神疾病，偶爾掉點東西毋須大驚小怪。人沒掉，掉了什麼都只是小事，且以近幾年來看早非意外。可是這次掉的東西卻搞得家中人仰馬翻。

寶寶最靠近老爺，老爺第一個懷疑她，把她每個玩具都拆開來，手藝精巧到不像是個失智人，後來連嬰兒床也被拆了，搞得寶寶嚎啕大哭。

再來是小阿姨，還不等老爺多問什麼，小阿姨就從抽屜裡抓出一把藥，附遞一杯開水。時間到，該吃藥了，小阿姨這麼說。老爺堅持不肯，說那藥丸讓他腦昏不舒服，小阿姨硬要他吃。

老爺正爭辯時，小阿姨悄悄命她丈夫撥電話給醫生，說藥效不夠了。

緊接著是大阿姨，老爺小心推開房門詢問，有沒有看見他的失物，大阿姨沒正對老爺，兩眼僅直盯螢幕。每當老爺說一句話，她就回一句「哦」，說兩句就回「嗯」，如果字句間隔太小就回「知道」。最後老爺離開了，大阿姨也沒發現，一個人在房裡嗯嗯哦哦。

再來是爸爸，爸爸一發現老爺又在翻東西，趕緊請老爺回他的房間，暫時別出來。老爺嚷著不要，但這微弱的抗議最後還是被反鎖的門硬生生壓下。爸爸或許怕了，先前因類似的開端，養的貓被老爺那樣左翻右弄，現在都不正常了。

提到這兒，不免讓我想起爸爸時常耳提面命的告誡，精神病會感染，要我別靠近。然正當我還在揣想精神病到底靠什麼媒介傳染時，爸爸已來回踱步牢騷，說老爺總愛亂放東西，都不懂得自己整理，幫他整理還用這種態度回應，讓人心寒。

聽了這段，我大概理解事件起因了，也同情起老爺了。爸爸擅自整理老爺的房間，老爺的房間太亂了。雖然他總是亂中有序，什麼東西都能順手覓得，但凌亂這檔事在我們家就是不符合規矩。

可是……雖然爸爸沒有做錯事，不過動了他人東西好歹也該負點責任，原有的規律被唐突搞亂，任誰都很難輕易再順回來了。

最後是表妹，也只有表妹最有耐性。她看老爺愁眉不展，便主動湊前詢問怎了。老爺起先不說，表妹也不追問，只靜靜伴在老爺身旁。稍待數時，老爺才含糊開口。

「東西不見了……」

我們會知道老爺一連串的怪異舉動乃因失物，即是從表妹口中得知的。在表妹告訴我們之前，沒有誰知道老爺又病了什麼。

開頭總算有了，接著就是解解癥結，究竟是怎樣的東西，讓老爺這麼牽掛、又找得這麼著急？就算衰退成這般，如此慌亂我還是初次見著。

「放在塑膠夾層裡……一張紙。」

在表妹的細問下，老爺失物的輪廓漸漸浮現。是一張紙，一張放在「塑膠夾層」的紙？L型夾？護貝？

「是不透水信封袋？」線索如此極端有限，還能這樣揣想，再加上老爺聽了竟猛點頭，我真的相當佩服表妹。問題是如果失物只是一張紙，又從何找起？

「那個東西，最後一次是在哪裡看到呢？」表妹彎下腰，平視老爺。

「記不得……」

「老爺說不記得。」表妹幫我翻譯。但若當事人半點印象都沒有，我們又從何找起？

「瀑布……階梯……」

正當我思索那個不透水信封袋是不是被爸爸收到家中哪個櫃子時，老爺驀然開口。

瀑布？階梯？突如其來的話語，讓我的視線轉向表妹。

「嗯。」表妹點頭：「老爺的『失物』，不是因被整理而找不到，而是想起以前弄丟的東西。」

以習慣的秩序被打亂為契機，因而想起過去遺失的東西？若真如此，就更難找了。

所謂「瀑布」、「階梯」我真不懂這是什麼意思，是地名？地標？還是有條瀑布旁有階梯，或者階梯旁有瀑布，像水往上游？

「會不會有道很長的階梯，遇下雨的時候，高處淹水會往下流，水流湍急就會像瀑布？」表妹說的是好幾年前家裡淹水的慘況，那時階梯真像瀑布。

「對、對！」聽表妹這麼說，原本無神的老爺兩眼突然發亮。我不知多久沒看到老爺這麼有精神了。

可惜沒多說兩句，老爺又語無倫次了。稍時表妹出門，沒人能翻譯，出關的老爺又勸不回房間，就這樣被小阿姨的丈夫帶去醫院複診了。

說真的，就算知道鬱悶的原因，我也沒義務幫老爺找回那個失物。再加上老爺給的線索又太詭譎，像塊褪色又沒原圖的拼圖。只要像大人那樣，認定是老爺退化，讓他吃藥、讓他睡就行了，不用去理會，這件事很快就會落幕。就跟過往的每次相同。

可是一聽表妹急著出門其實是出門找資料，隔天甚至還主動拉了我的手去圖書館找地圖，我只能選擇一齊跳入這火坑。

循著「瀑布」、「階梯」這兩條線索，我們查了很多地方，可是如此籠統片段，依舊太渺茫了。

「換個方向，找找看老爺以前去過的地方。」就在窮途末路時，表妹又蹦出這麼一句。

說的是，老爺是個重情的人。這幾年來又幾乎都沒出過門，他掉的東西，或許遺留在過去曾去過的地方。

但這樣還是太空泛了，到底要怎麼找？儘管真的縮小範圍了，這樣的線索，還是比海底撈針更讓人絕望。當我正準備勸表妹放棄時，表妹倏然又天外一筆：「該不會在淡水？」

「淡水？」我笑了，這想法實在太妙了。

就算在同個屋簷下，老爺從未主動提過他自己的事，我們也從未知道老爺過去的經歷、事蹟甚至喜好。既然如此，又怎能有這般毫無開端的假設。

見我遲遲沒動作，表妹補上理由：「老爺跟你的媽媽是在淡水認識。」

如此的理由，任誰聽了都會發噱，我亦笑了出來，但我笑不是因為表妹，而是我竟然信了！

老爺是個重情的人，他跟我有血統關係的家人過去唯一的關聯，真的就僅是與我媽媽曾認識。一段曾在淡水、資訊量卻又異常缺少的相識過去。更妙的是，得知這段相識的關係，竟是出自小阿姨偶日的隨意牢騷。

但這不打緊，最大的問題還是在於，倘若失物真留於淡水，事隔遙久還有可能找回？一想到這，又讓我卻步了。

可是表妹仍義無反顧繼續深入研究，我只能選擇繼續相信。

爾後，中途所發生的小細節就不贅述了，直接談談結論吧。

表妹是個行動派，我跟爸爸說要出個小門，又跟小阿姨說跟表妹一起帶老爺出去踏青，小阿姨揮揮手允諾，不忘補上「如果不小心弄丟老爺也沒關係」。萬事俱備，就這樣出門了。

是的，表妹說了，與其紙上談兵，不如直接視察。

淡水離我們家有好段距離，我原本想坐高鐵，省時省力。只是表妹精算，客運比較便宜，不該奢侈。我認為沒必要省這錢。

「這些錢不是我們賺來的，都是老爺的。」

可是……好吧！既然表妹都這麼講了，我也沒什麼好辯駁。買好客運票，我們就這麼顛簸上路。

在這段顛簸路程間，我不禁思索起關於老爺種種瑣碎的事。

大人都稱他老爺，小孩也就跟著這麼稱呼了。

至於為何是「老爺」此等敬稱，除了因他的出現改善我們的生活外，也因他有一種特別的氣質，雖非拒人於千里之外，卻也難以輕易靠近，像隔了層什麼。就算主動跟他說話，表面態度尊重，還是有種說不盡的隔離感。這是大人們說的。

當然，這樣的個性僅限退化之前。退化之後，雖沒囉嗦，卻有著相當難搞的麻煩。所謂的麻煩，現正就品嚐著。

客運真的不好坐，車體隨公路上的坑洞上下晃動，老爺一路嗯嗯啊啊，我真擔心其他乘客意見，相當緊張。還好乘客多半睡在自己的位上，即使有投來的目光，也都聚焦在老爺身旁的表妹。

總算捱到臺北，客運先駛進臺北轉運站，轉運站能經地下室，直通臺北車站的捷運。路程上老爺一直嚷嚷這裡有什麼，那裡有什麼，可是他說的全是錯的，全都沒他說的。進捷運時老爺還從口袋裡掏出一張破爛褪色的卡片，說要過票。

拜託，別鬧了。我們勸說，可是別說是效果，之後還引來了警衛，在表妹解釋下，這才化解尷尬。簡直飛來橫禍。

我開始懂大人們為什麼這麼想攆走退化的老爺了，做出來的事總出人意外，無法控制，真的相當讓人頭疼。捱進捷運站，簡直比搶買簽名專輯還難。

淡水是紅線的最後一站，只要坐到底就是了。有了客運和進捷運的經驗，原本還擔心老爺上捷運會不會胡鬧。說也奇怪，年輕人讓位後，老爺就靜了，表情都安寧了。這該不會是結束的徵兆？可是這樣的平靜到竹圍站就變了，老爺無聲地落下淚來。若不是表妹發現異狀，我也不會知道。

可是我還未想到是什麼原因，一下淡水站，老爺那滔滔不絕的嘴巴又猛虎出閘，又不斷咋著那裡有什麼、這裡有什麼。但說的還是沒半項正確，全不是他想的那樣。

望著捷運站兩端的紅牆，我突然有種沒頭沒尾、千里迢迢魯莽來到這裡真不是明智之舉的心情，可是既然來了，空手而回就太失落了。

在決定接下來的計畫中途，老爺講了很多捷運旁的街，說著上頭賣有許多小吃，尤其某家的魚酥，阿給真貨要在那坡上的店。我知道淡水的名產有鐵蛋，魚酥頭一次知道。但我朝老爺的手指方向望去，僅見排排住家，現實並非老爺所說是觀光的街。

「老爺說的可能是他記憶裡的景象。」老爺接二連三的異況，表妹這麼詮釋。

我點頭。退化，這是最能解釋老爺目前行為的詞。

說到這裡，所謂「瀑布」、「階梯」該不會是老爺把過去看過種種意象混在一起了？放眼捷運站四周，對面是僅剩幾個專櫃還開著的百貨、速食店、旅社、公車站牌，沒半個與瀑布有關的地標。我們問當地人，亦沒有半個知道。捷運站有兩個出口，一號出口對面靠近英專路，二號出口鄰近學府路。依這兩條路名，附近應有學校。兩條路都有坡度。

「上坡看看吧。」表妹這麼說。我原本想搭紅27公車往上，可是表妹搖頭。

「讓老爺走走，或許能找到什麼線索。」

這樣也對，認同表妹想法，我們便一步一步攙老爺往上頭走。但老爺很快就累了，累的主因是老爺不顧喘氣，硬是嚷嚷他記憶中的景象。問題他說的那些真就沒有，一項也沒有。

嚷著，嚷著，老爺狀況越來越差，我們不得不放慢速度。

「我陪，你去找。」表妹下了我先去找階梯、她來陪老爺的決定，或許這樣確實是比較好的方法，既然表妹都這麼開口，那就這麼做吧。確認表妹帶老爺到英專路的書店旁歇息，我就出發。

我不懂為什麼老爺這麼執著——突然從記憶裡冒出來的東西。找到了又能代表什麼？再加上表妹為何對老爺如此盡心……

抱怨歸抱怨，我還是耗費精力找到一條很長的階梯，一條下雨時真有可能變成瀑布的階梯，在英專路頂。找到之後，便回頭與表妹會合。朝那階梯走的途間，老爺體力來了，滿是說話的力氣。老爺一步一步走，越是往上，眼睛越是發亮，我想他大概知道東西丟到哪裡了。

一路東拐西拐，說真的上下走了兩回，我很喘，老爺看起來卻一點事兒也沒有，這跟他平時的倦怠判若兩人。這不打緊，讓我錯愕的，是原本以為走完階梯，事情就該告一段落。

事與願違，老爺走到階梯最頂後，就直接右轉了，一點也沒停下來。我緊跟上去，表妹抵住我，要我別阻止，僅要跟在他身後。老爺走得很快，這條上坡的路是水源街，不見有什麼水源，只有兩排一棟棟老舊的建築。

稍時，老爺自顧自地走進街側無圍牆的校園裡，老爺以前讀這間？可惜沒機會讓我多想，老爺的腳步又變快了。這樣大步跨向前、毫無阻擋的風采，根本重現了原僅存於我年幼時的記憶。

到了某個定點，老爺才緩下腳步，望了望某樓前的橋，待了幾秒，又飛也似地逃開，也不知跑了多少，才如電量耗完般駝背停了下來。

老爺所到的地方，是學校的另一道門，活動中心的邊。一到那，老爺垂頭喪氣，喃喃唸出一個詞：「……北門。」

又是另一個地名？另一個謎題？來到這個地方老爺又找到下一個線索？問題「北門」又是哪裡？

「指某班公車會到的地方？」冷不防，表妹補上了這一句。這句話妙。起先並不曉得表妹這想法從哪裡冒出來，看前頭有公車正待發，上頭所顯示就是「北門」兩字，這大精彩了。然而問司機「北門」在哪裡……糟，不是又回到原點了？

「走吧。」表妹沒吭聲，依然陪著老爺坐上公車，雖感些許不妥，還是不表態地跟上。又捱了老半天公車，約莫五十分鐘，我們回到臺北車站附近。

一下車，老爺又開始左顧右盼，雖仍沒一個定點，腳步卻比方來沉穩不少，眼睛轉得更有神。我想，老爺看似胡亂兜兜，實際是在「尋找」、他的思維正在挖掘與重組，每找到一點碎片，相關的回憶就漸漸浮出水面。只要持續，線索就會越來越多、越會找到他想找到的東西。

整個下午，我們坐了不遠處的簡餐店，看了不遠處的糕點店，走了兩次客運站，晃了不遠處的幾條街，到了車站下方三大條地下街。時近天晚，沒有實際收穫，只好坐了另一班公車，回到淡水去。

坐上車的老爺沉靜了，如同槁木，我知道他正沉默地拼湊什麼。

在這安靜時間，表妹淺淺地開口：「你知道，你的媽媽跟老爺以前的關係嗎？」

「我也不太清楚⋯⋯」

表妹難得以疑問句來詢問我的意見，只是很可惜，我也不知道答案是什麼。該不會老爺就是媽媽的舊情人，我這麼瞎湊一個回應，會為我們家掏心掏肺，只因不忍舊情人過不好的生活？如果理由僅是如此，總覺得很落寞。

我的媽媽，永遠屬於我的爸爸。

而且⋯⋯為什麼不在媽生前就來呢⋯⋯這埋怨我在腦海裡先打住。

「或許就這麼單純也不是不可能。」表妹沒有否定我的猜測。

「表哥都能相信我說的無稽之談，我就不能採信表哥的意見？」

我沒有答話。稍靜了幾分鐘，以僅自己聽得到的音量，淺淺哼了歌。接著取出MP3，放了音樂，給了表妹一邊耳機，表妹欣然接受。

回到淡水時，天色已全暗。我原本打算再找一下，如果真沒找到，那就回家，表妹則說找個地方過夜。

「不是說別花老爺的錢？」對於表妹的決定，我以其人之道還其人之身。

「這是我賺來的。」表妹仍故若泰然。

「靠著什麼賺？」

「靠著省下高鐵的車票錢賺的。」

表妹的話，總是這麼有意思。

既然表妹有這樣的打算，盡我所能協助是最好的，我以最快的速度，找到間便宜的民宿。

夜裡，老爺睡很沉。我要睡時，表妹還是醒的。

「快睡吧，明天不是還要早起？還是說怕我欺負妳？」我開玩笑地說。

「你沒這種膽量。」表妹笑著反擊。

表妹說得確實。我對表妹做過最大膽的事情，概是小時候要表妹電話號碼的那次，當時口頭上說的是親戚互通有無，大人和表妹都這麼認為，只有我自己覺得有種微妙的開心感。當然，這點打死我都不會告訴任何人，我會把這個秘密帶入棺材。

「只是，你為什麼這麼相信我？」

表妹怎突然冒出這句？我問。

「通常人不會隨便聽兩句話就照了做吧？」

表妹的意思是說，我跟上來這件事？我笑了下。

「比起問我這種理所當然的問題，我更想問妳為何這麼幫老爺？」

明明將老爺找不到失物這件事當作玩笑，敷衍幾次就會過了，表妹卻如此認真。

「因為老爺以前幫過我。我小時候想哭的時候，老爺都陪著我。就算什麼都沒說，他依然陪著我，所以現在，我也想陪老爺。」

就因為如此單純、簡單的原因？

不，不需要想太多，或許表妹說的對。一個簡單的理由，也可能影響整個人的一輩子。老爺是這樣，表妹也是這樣。

至於表妹的問題……我就先擱著了，總不能說她那種輕快的直覺，相當像離開我的媽媽。

「突然想到一件事，老爺或許是我們的親戚。」後續談話間，表妹隨意插道。

「怎麼說？」大人們不是都說老爺流有與我們不同的血，跟我們沒有半點血緣關係？

「家族中有一批人跟老爺是同姓，也住在老爺家鄉。」

如果真是如此，老爺跟我們就不是沒有關係，而是有所連接？

「只可惜，都找不到了。」

已經沒有任何證據，可以證明這些曾經、原有過去是存在的。

有些失物，怎麼找都不會再找到，怎麼樣都只會淪到消失，一片的空虛之中。

最後掉進記憶的漩渦，然後不見。

只是無論有或沒有，老爺幫助我們這個事實，仍無可取代。

……無可取代。

對……對老爺而言，什麼是無可取代的？

或許，老爺所在找的，就是遺失在記憶中那片段的記憶，好不容易抓到一點點線索，因此怎樣都不願意再放開，只要現在放了、忘了，只要沒有再持續，好不容易抓到的記憶將會如掌中的泥鰍，一溜煙就沒入深色的泥沼裡，再也找不到。

「……老爺會找到的。」沒經過思考，我無意間說出這樣一句。

「怎麼說？」表妹問。

「只是這麼覺得而已。」我淺淺一笑：「因為妳還有我在啊。」

當這話一脫出，表妹笑了，也笑得很開。

在這之後，我們又談了很多，談了許多過去的回憶，過去一起做的事，過去還尚未各自忙碌時，一起經歷的種種，包括老爺在內。多晚了不知道，談了多少不知道，只知道我們之間的談話隨著時間推進，話越來越少，起伏越來越淡，可是我們卻越來越靠近。

淡水的晚上，風好大。

「表哥，冷。」

「嗯。」

我從床櫃裡取出棉被，我們的房間是二人房，老爺蓋去一件棉被了，只剩一件，我們兩人縮了同一件，這樣會暖和些。

淡水夜晚的風，很大，很冷，可是老爺卻相當安穩，我很久沒聽到老爺那樣安穩的鼻息，如睡在母親懷裡的嬰兒，回到熟悉的味道，找到過去應有的時光。

不知不覺間，我的意識因睡意而朦朧，模糊之間，我憶起了過去第一次見到老爺的情景。那時我還小，家裡正送著媽媽最後一程。

當時我並沒有多想，並沒有多想一個陌生人，為何來到這裡，為何在廳堂的媽媽的照片前佇立許久。

只知道他出現了，他蹲了下來，看了我很久很久，他說了些話。問我還好嗎？說我像媽媽？抱歉，我知道這時候來已經太慢了？別擔心，我在？已經想不起來了，接下來的就想不起來了。唯一想起的，是老爺那雙眼神，比什麼都還熾熱的眼神。

曾經消失的記憶，回來了。

這場夢間所憶起的種種，不會再忘了。

有些事物，只要遺失了，就永遠找不回來。有些事物重新找回來後，就永遠不會消失。

我祈願，明天，失物的老爺，就會找到了。

隔天一早，我差點沒被老爺嚇死。

老爺不見了，這時已近中午，怎麼會睡這麼晚？我很懊悔，只是沒慌幾秒，我便看到老爺打開門，走進了房間，並放在我們身旁兩盒像水餃的食物，不知從哪弄來的。

「這是……什麼？」我嘗試詢問。

「小籠湯包。」老爺開口，話語很清晰。

「蘆洲的。」

接著很清楚地說出地名，一點也不含糊。

老爺一個人淡水蘆洲來回？沒人帶，怎麼做到的？

在我問題還尚未於腦中成形，便發現……老爺的神情改了。現在的神情，根本不像一個患失智外加精神疾病的人。該不會昨天那樣繞著繞著，真的讓老爺找到了一些記憶的碎片？

「吃吧，好吃的。」老爺這麼對我倆說。

不管如何，老爺畢竟還是我們的長輩，與老爺說了聲謝，盥洗完後，我和表妹開心吃著這份驚喜的早午餐，還是溫的，是我吃過最好吃的。以前我有吃過？突然很想問自己這個問題，這樣的味道我好似不陌生，可是半點記憶也沒有。這記憶流失了，是我的失物。

收好隨身物品，也退了房，我們便起程了。依老爺模糊指示，我們往竹圍站移動。表妹說老爺會對竹圍站有反應，可能找得到些許蛛絲馬跡。只可惜我們對獨自來回的老爺神智全都恢復的期待還未成形，一出淡水，又退回那癡憨呆傻的模樣，我們只能搖頭。

出了竹圍捷運站，搖搖晃晃過了天橋。老爺自己走著，進了西點店，我突然想起老爺買了我們餐點的份，卻沒準備自己吃的。他總是這樣，為了他人，忘了自己。

我嘆了口氣，跟著進了西點店，逕自買了草莓大福給老爺，這東西他應該吃吧？確實咬了一口，只是才吃一口就沒繼續，我以為老爺不喜歡這種像麻糬的甜食，瞧了他的顏，才發現他的視線盯著不遠處的公車站牌，眼淚淌淌流著。

「坐車吧。」表妹見況，沒再多說一句，拉著我和老爺上車。

這次，我無心再記是哪班車了，在車上的我只垂著頭，看著捧在手裡咬一半的大福。大福內切心的草莓與碎塊的蛋糕從破開的缺口使我得以窺探，咬下大福的老爺，是不是又想起什麼？

這班車很緩慢，路經一條很長很長的紅橋，越過淡水河，來到了八里。車到半途，老爺按了下車鈴。下車後的老爺倚著欄杆，看了河畔，看了海，對岸就是淡水。

不遠處有座橋，白色的，但我看不清楚那是什麼地標，老爺投過去的視線，窺不到聚焦，只有空洞。他在這裡逗留許久，我和表妹陪著他。

時間在這個時候是暫停的。

不知從何始，從我們帶老爺，漸漸成老爺領我們。出發前的種種疑慮，現在都不重要了。

一小時候，我們坐船第三度到淡水，再從淡水坐了捷運去其他地方。重新的經驗，讓老爺出現了奇妙的變化，他熟捻地從紅線某站下了車，轉成黃線，行動過於直截了當，差點讓我跟丟行蹤。老爺到底怎麼做到轉站這事，我壓根想不清楚，只知出了某個國中捷運站，上了地面，再度候於公車站牌旁。這時候已近黃昏，販賣流行商品的店家招牌準備亮了。

當下班公車一停於站牌，老爺隨即要我們上車，我們攙著駝背的老爺上去。這駛上高速公路的公車，我不曉得會到哪裡，又還有多少拼圖尚未尋得，只多少感受到，老爺已逐漸沒有了混亂，而是沉穩了下來。

在等待到達目的地的空白時間，我稍稍整理過去的回憶

從我開始對老爺有記憶以來，從未看過老爺笑過，也從未有明顯的情緒反應，

僅僅是一片沉默。

他的沉默，像是在思考什麼，旁人如何都無法介入。比起我們家的長輩年紀還要小的老爺，他在想什麼呢？對，他的實際年齡比爸爸小，比小阿姨小，比大阿姨小，甚至比媽媽更小，但他卻比這些長輩還要蒼老。

在一次意外下，某個親戚為利背棄家族，因而使我們負債累累，再過不久，媽媽的眼不再張開了。

老爺的出現很突然、很沉默，也不求回報什麼，一肩就扛下所有債務，日夜奔波，將名下所有財產都讓給我們。當家裡經濟穩固，我們這代小孩課業、事業都有了，就像把責任都卸了般，身體急速衰退。我聽過吳子胥的故事，可是就算吳子胥白了髮，腦袋還是靈光，可是他全都遺失了。

精神與軀體，全都遺失了。

老爺沒有家眷，單單一個人。

究竟是怎麼樣的原因，讓老爺這樣掏心掏肺幫助我們家？只單純想學湯姆叔叔，還是尚萬強？又或者如韓伯特那般別有企圖？又或真僅是「曾認識我的媽媽」這個單純理由？

然而，不管理由或原因究竟為何，現在都沒有必要再去追究。且真實的理由，或許早就找不到了。已經空缺的事物，永遠都空缺。遺忘的失物，找到之後，也不見得是完整。

這班車下高速公路，路經長庚醫院、不知名的公園、十八拐地迂迴前進。

這趟旅程將至的始末……不知道，我突然有種預感，快了，老爺的失物快要找到了。但我為什麼有這種感覺，又為什麼會這麼想，我全然不知道。

只知道一經某個定點，老爺突然猛按鈴，不斷地按鈴，還勾了司機的肩。

公車緊急煞車，我急了，我可不想因為這樣讓老爺被警察帶走，我趕緊陪了不是，帶著老爺倉皇下車。

下車的地方是林口鄉公所對面，後頭有許多社區建築，還有一家褪色招牌的連鎖早餐店。問題是……這裡有著什麼？

可是沒機會讓我多想這問題，老爺突然掙脫我的手，猛力往前狂奔。

我從未看過老爺如此激烈的動作，我看他跑著、奔著，就像個小孩，只一心一意地拚命往前，我和表妹怎樣都追不上。人一下子就不見，如化一縷煙，天將暗，會找不到老爺的。我急著想打電話給家中大人，告訴他們情況，可是一想到這些年來他們對待老爺的態度，會來嗎？老爺的消失，這不正是小阿姨所祈求？少了一口吃飯的嘴，這不是大阿姨所希望？不用再帶累贅去醫院，更不是姨丈所期待？還是……打電話給警察幫忙？

「打吧，找家人來，老爺是家人啊。」正當我猶豫時，表妹這樣說，毫不遲疑。我淺淺點頭允諾，打了，接的人是表妹的爸爸，語氣跟預想中相同，很平淡，頭一句是問表妹有沒有吃飯，沒多久就掛了。

我也不想多說，傳了所在位置後，便繼續找老爺。

老爺不見了，我心底慌，而在慌的另一頭，我也慌著我自己。如果我沒跟著表妹、沒因表妹而改變想法，我也會跟那些大人一樣，如此冷漠對待老爺？

找著，覓著，夜幕降了，飛蟲開始在亮起的街燈附近徘徊。

約莫一小時，我們總算找到老爺，他全身都是土，整個人撲在某塊地上，兩手朝下挖著、挖著，嘴巴裡不斷嗚咽著什麼話，我趕緊扶起他，但他就是不肯，繼續使勁挖著。我與表妹交換視線，挽起袖子，也開始跟老爺一起挖同的地方。

「有房、有房……！」老爺邊挖著，邊這麼嚷著，可是聰慧如表妹，也不見這塊地有任何聳立於地表的牆。然而越是朝下挖，越是發現水泥與磚頭的碎塊。老爺說對了，這裡可能是房子的舊址，我的心頭不知為何變得好難受。

我們把挖出來的碎塊放成一堆，當那些碎塊越積越多，老爺嗚咽了，嘴裡唸著聽不懂的話。聲音很亂，卻很重。

我突然理解了，老爺不斷反覆唸著他的「失物」究竟是什麼了，是他快失去的過去記憶，一些可能對於旁人來說沒有什麼，對他來說卻是無比重要的記憶。

他不想忘，可是隨著時間他漸漸無法記清楚，他不想忘，可是現實世界的事物、景物種種卻無法永遠停留他記憶中的那樣。老爺哭著，他哭著這樣的失物快要不見了。

我和表妹，這時怎樣都無法幫老爺了。

這裡是終點了，沒有再繼續了，一切都已經結束了。這裡確實曾有房子，但現在也早就消失了。

在最後的終點，老爺終於說對了一個地方，卻也同時仍然是錯誤的。

而在這時，我突然發現老爺破舊的外套內露出了一點什麼，我湊過去，有股衝動想把那東西抽出來，老爺以為我要搶，趕緊護住自己的胸口。表妹走過去，雙手護住老爺的手心，降緩老爺的反抗，表妹對我點點頭，我試著小心地抽出來。是一個很舊的東西，攤了開來，老爺瞪大眼，結結巴巴說不上話。

這是一個防水的、卻破爛不堪的信封。

抽開封包，裡頭皺著好幾張黃紙，經過歲月、經過汗水或淚水洗滌，每張紙都又皺又爛。老爺說過，不見的是一張紙，該不會所謂的失物，正是其中一張紙？我一張一張攤開來，但每張除了發黃的紙面外，什麼都沒有。除了其中一張之外，上頭有筆跡。

我很仔細地去看，很像一個「嘻」字，可是少了一個「口」，到底是因為時間久遠，讓那個口褪色不見，還是打從一開始就沒寫上去？又或者上頭原本有著滿滿的字，但現在只剩下這個字。

但不管如何，我知道，我們找到了。

終於找到了。

老爺顫抖地接過那張紙，哽咽著，嗚咽著，說的話沒半句聽得懂了。

他認為不見的東西，其實一直都在。

看著紙面上那少了一個口的「嘻」字，不斷發出沙啞模糊聲音出來。這樣的失物，他真的找到了？又或者，這張紙代表了，他的失物早就消失了。他一直捏著不放的事物，其實只是那失物永遠消失的證明？我不知道，我真的不知道。

街燈影下，我看到了一台車往這裡開來，當車門打開時，爸爸、大阿姨、小阿姨接續下車。大家把老爺團團圍住，不悅地責著、不悅地扶起他、不悅地拍掉老爺身上的沙土，老爺儘管嗚嗚咽咽，卻沒反抗，被大人們護著上車。

「回家吧。」

當老爺安全帶扣上了，坐穩了，表妹抱住老爺，對他這麼說。

此話一傳達給老爺，我第一次看到老爺的笑容。

——失物。

老爺所想找的失物，原來一直都藏在他的胸口。

以為失去的事物，其實一直都在他的心窩旁。

有些事物，當再次找回後，永遠不會再忘卻，但更多失物，消失就找不回來了。

老爺，您在找的到底是什麼，我們永遠不會知道，我們永遠不會知道那張紙上頭的字透露了什麼故事、到底蘊含了什麼意義，或許連老爺自己都忘了是什麼，只知在記憶一隅留有相當巨大的空虛。

不過沒關係，空虛的那一塊，就由我們來填補吧。

老爺，我們雖然跟您沒有血緣關係，但朝夕相處下，早就是您的家人。

老爺，您並不寂寞。

第三章　牠的匣

農場

農場夫人有著獨門的天賦，能教導動物如何擁有人性。

而農場內豢養的動物們也樂於接受農場夫人的教化，一隻隻漸漸懂得什麼是人的感情。整個農場和樂融融，相互禮讓，無分無私，除了一隻綠毛豬例外。

綠毛豬懂了些情感皮毛後，便開始對自己一身不可思議的綠毛感到相當自滿，世上最好看的顏色非在自己身上莫屬，除了螳螂因也有一身漂亮的綠外，其餘動物皆看不在眼裡。

對此，農場夫人曾反映了動物們的投訴，對綠毛豬說教，但牠一個字都聽不進，任誰都沒資格說牠的種種，牠認為那是牠的權力，會有所批評不過是眼紅的象徵。

後來好言說盡了，眼看這樣的個性沒對誰造成實際傷害，對農場整體營運也沒影響，農場夫人再多唸了兩次，便不再干涉什麼了。

而農場的另一端，則住著一隻普通的褐色驢子，牠常與動物們分享與黑色千里馬賽跑的過程。驢子說的是有聲有色，動物們總願意去關注。

雖說每次比賽結果是如何，任誰都清楚，驢子必敗無疑。但牠從未放棄，總是堅信總有一天，牠必能跑得更快！

如此正向的自信與勇氣，也間接打動了溜進農場玩耍的紅色野蛇。野蛇雖未經農場夫人調教，牠依然相當欣賞驢子。

每每驢子比完賽，牠總是第一個到聽故事的那個穀倉，與紫色老鼠等動物，一起享受聽故事的喜悅。

不過這樣的平和，卻在某天被綠毛豬所破壞。

那時，驢子說的故事正到高潮，綠毛豬突如地闖了進來。一進到穀倉，也不看看現場的氣氛，便開始數落起在場的每隻動物來了。綠毛豬總以貶低其他動物，間接提升自己的價值，這是每日的樂趣。

受過農場夫人教導的動物，都有著自制力，牠們盡可能無視那些虛浮的評論，盡可能保持農場的平和，以無聲的沉默對綠毛豬的無理取鬧表示最大的抗議。

不過紅色的野蛇可沒受過人為的教育，牠長長的身軀全都因綠毛豬打斷精彩的故事而憤怒地發熱。

牠直撲過來，張開大口狠狠地咬了綠毛豬的大腿一下，毒性隨即在臃肥的軀體裡快速蔓延。綠毛豬還數落不到從未見過面的野蛇，就這麼四腳朝天，一命嗚呼了。

而褐色驢子則在其他動物簇擁下，轉往其他好地方，繼續說著精彩的故事。

農場・續

這個農夫有塊田，他有一個算大的穀倉，每年的收穫也不算壞。

某年，有隻紫色大老鼠來到農場。牠說，牠願意無酬幫農夫。農夫不疑有牠，便讓牠幫忙看管一直欠缺警衛的穀倉，紫色老鼠馬上一口答應，也做得不錯。

在閒暇時，紫色老鼠還會竄進田裡，幫農夫翻弄泥土，攪點肥料，讓穀物生長更好，農夫感到非常欣慰。有了紫色老鼠幫忙的這一年，農作物大豐收，農夫大為開懷。

到了第二年，收穫量亦是過去的數倍。農夫覺得能夠與紫色老鼠相遇，真是太幸運了，也更加信任紫色老鼠。

可是到了第三年，卻開始產生無法解釋的怪異現象，穀倉裡的穀量與帳上的不合，起先是平白少了一點點，後來是一袋袋，到第四年直接遺失一半。

農夫詢問紫色老鼠這是怎麼回事，紫色老鼠回答這是錯覺，農夫近日太累，穀物從未少過。且就算真比帳上少了一半，那剩下的一半還是比以前的任一年還要多。農夫聽信了，便不再過問。

後來善良的委員告訴農夫，不能相信老鼠，老鼠是會偷吃穀物的生物，建議種點南瓜來防牠，也能賣點好價位。農夫不信，他認為就算老鼠的特性是這樣，紫色老鼠也絕不會背叛，紫色老鼠是與農夫站在同一陣線的。

只是到後來，農場內的動物們都告了，農場夫人也勸了。農夫無可奈何，為了讓他們閉口，只好應了他們的要求，敞開穀倉後門，來個突襲檢查。農夫要在這次形式性檢查後，向大家宣告紫色老鼠是忠誠的、無辜的。

然當這麼一開，農夫卻嚇傻在原地。穀倉後頭匯聚了數以千計的老鼠，乾淨的穀上也全是黑色的排泄物，老鼠全都胖得連眼都睜不開，看到農夫也只能無助地揮幾下腿，充當曾為了活命而奔跑，已盡力了。

農夫憤怒地大吼，把這些老鼠一網打盡，打算全綁到太陽底下曝曬。老鼠們為了活命，一致供出會窩在這裡，全是紫色老鼠「推薦」大家來的。

紫色老鼠任職沒多久，就回老巢對著大家呼喊：「看！快點！就是那裡！那裡有好多的穀物！農夫把鑰匙都交給我了，穀物多到數不清！」

聽到這好消息，起初只有幾隻老鼠小心地搬入，吃的穀量也小心。後來發現好像真跟紫色老鼠說的一樣，他統了大局，沒有誰來盤查。膽子也就越來越大了。

後來一傳十、十傳百，就成了現在的老鼠城。

一氣之下，農夫握緊皮鞭，轉赴紫色老鼠的專屬小窩。紫色老鼠睡得正香，被農夫一把抓起還搞不清楚狀況。

農夫忍著怒意說出原狀，就算如此，紫色老鼠還是露出無辜的神情，絲毫不解農夫為什麼生氣：「為什麼呢？農夫，你為什麼這麼生氣？我又沒偷吃穀物，任何一顆都沒有，我還幫你整理農田！我誰都沒慫恿過來，我也沒誇大，只是陳述事實而已，穀倉裡真的就很多穀物啊！」

獅子

禿鷹把獅子給惹毛了。

禿鷹把獅子辛苦獵到的食物吃掉了大半，餐後還直接在剩餘的肉上排泄，這種情況早就不是第一次了。

起初發覺禿鷹做壞事，獅子只好言相勸。諒禿鷹應是懂分寸的，且獅子還是需要禿鷹協助處理善後。

只不過禿鷹一而再、再而三的踰矩行為，已經超過獅子可以容忍的底線了。

這一天，獅子千辛萬苦逮到狡猾的狼，才剛去溪河飲點水解渴，回來時大餐只剩沒幾口了，而在旁準備打嗝的，正是那可惡的禿鷹。獅子再也忍受不住，以牠那傲人的力量擒住現行犯，不管禿鷹怎麼撕聲慘叫，獅子這次不打算再放過了。

「肉上又沒寫名字，當然誰先吃就是誰的，我沒有錯！」

聽到禿鷹毫無悔意的發言，獅子更是決定痛下殺手。

然而，獅子露出銳牙，正準備進行審判時，象王猛然衝了過來，狠狠地用那白色的象牙將獅子撞上半空。

「都已經把最好的草原讓給你了，難道就不能少鬧點事？」望向摔回地表且內臟大量出血的獅子，象王悲痛地說道。接著，又用那雙有力的巨足重重踏了獅子幾下，見獅子的血染滿整遍草原，這才邊嘆息，邊退回隱居的矮樹叢。

禿鷹趁機脫離原地，飛到象王安全的背上。

禿鷹早就知道獅子遲早會來這麼一天，在這天來臨之前，禿鷹每天都到象王耳旁細碎關於獅子的事，甚至模仿起紅嘴牛椋鳥的動作，幫象王的背清理清理，哄得象王無一時不開心的。禿鷹那撕聲的慘叫，正是為了呼喚象王而來。

「就是啊，我差點就被獅子不講理地殺死了，獅子太殘暴了，每天幫牠清理殘骸卻換來這種待遇。象王啊！請您教教獅子，治治牠暴力的性格吧。」

聞見禿鷹這悲慘的經歷，諸多動物也沒去細查事件的來龍去脈，便一股腦兒地同情起禿鷹的不幸、鄙視倒在一旁的獅子。

沒幾分鐘，獅子的蜚語已滿天飛，原本就討厭獅子的動物，在此時也得以伸張，造謠出一篇又一篇沒根據的謊言。

除此之外，看禿鷹是象王身旁的心腹，動物們開此爭先恐後地巴結起禿鷹，要牠幫忙在象王那雙大耳旁多說兩句好話。

過了兩天，重傷倒地的獅子屍體，便成了禿鷹的午餐。

狼與鴞

「真美味。」狼舐一舐嘴角的血，大讚前爪所扒的人肉。

那人早死了，衣服碎散一地，面容極其痛苦，可見這人是被狼從背後突襲的。

這是久違的鮮美糧食，狼滿足地讚美天主的恩賜，是天主命了誰將這個人帶到這裡來的，樹上的鴞看了極其羨慕。

連續的乾旱，能吃的食物早都吃完了，不能吃的為了果腹也已不知吃了多少，鴞已瘦弱到沒有力氣飛往更遠的地方尋找食物了。

鴞放下尊嚴，對底下的狼喊道：「我也能吃一點嗎？」

狼聽見聲音，將視線抬向那枯樹梢上的鴞。又舐一舐嘴角的血，歪了歪頭問道：「想吃？」

「嗯，非常想。」鴞很乾脆地服從生理的慾望。

狼把頭轉回地上幾乎僅剩骨頭的食物，稍盤算了會兒，便笑著挪開前爪：「可以啊！快來吧，別客氣。」

平時刁鑽小氣的狼，竟這麼乾脆地分享美食，讓鴞有點不知所措。不過在飢餓的誘惑下，還是啪噠噠地從樹梢下來，深吸一口氣，開始啄起人肉來。

肉，好鮮、好甜的肉！在食物短缺的現在，這般美味再也沒有什麼能夠比擬，就連那人脖子所掛的核果項鍊也美味至極。

待鴞全心投入進食，狼彎起嘴角問道：「人肉好吃嗎？」

「極好，極好！謝謝，這肉太好吃了。」

這時候的鴞已顧不得形象了，牠只想快點把肚裡的空虛填滿。

「是啊，人肉是極品呢。那就慢慢享用吧，我先去散步消化一下。」

「喔！」

「別忘了，肉要留我一點，在我回來前也別離開，不然會被其他動物給搶走。」

再瞧鴞最後一眼，狼便悠哉轉身離開，留著鴞在原地。當狼一暫離現場，鴞再也沒顧忌，更加投入地啄食美味，連苦烈的膽也一併吞入腹中。

然而，狼離開並非真回老窩歇息，而是飛奔至人類的住處聚集處，對著人所在的市街大喊：「鴞吃了人肉！有個可憐的人遇害了！我以天主之名發誓！」

聽見狼喊出至上的名號，人們全停下手邊的工作，不先過問真假，便紛紛拿起手旁的傢伙，往狼所指的方向奔去。不過多時，狼便聽到鴞淒厲的慘叫。再過不久，全身滿是赤血的人們提著某個已看不出原形的散肉回來了，他們全都憤怒地嚷著，誓言滅了鴞的種。

「鴞是吃了人肉。」

得到這個訊息後，悄悄離開人群的狼竊竊地笑著。

「但不是全部。」

這句話，狼並沒有說出口。

新的永久糧食

史萊姆是一種在陸地上遊走，外型像是半透明的果凍，全身富有彈性卻無五官的生物。經過人類豢養的史萊姆，不再具腐蝕與吞噬的能力，大小也很有限，智力比起過去無智的形象更是低靡。

也在因帕斯柏男爵的研究下，改寫了史萊姆的基因，讓這半液狀的軀體有了牛排般的香味，以及人體每日所需的各種養分，更讓牠們的再生特性發揮到極致，每一個史萊姆切塊，都能長回原本的大小。

雖然容易再生的史萊姆毫無商業價值，卻讓缺糧的地方有了救星。依非官方統計，此般基改食物救了上萬計的孩童，一個村只要能引進一隻史萊姆，存活的希望就大增了。

但是，人類的商業智慧怎可能侷限在這裡。

商人竊取因帕斯柏男爵未登入財產權的基因譜，改良出其他口味的史萊姆，讓吃膩牛排口味的民眾有了新的選擇。

眼看史萊姆確實有商機，為了讓消費者持續消費，商人二度改寫基因，藉更新為由，回收舊的，替換新的。新的史萊姆無法再生與分裂，且全數調整為雄性，加入特殊酵素才能改變為雌性。雄性與雌性組合才可建構新的個體。

可是……若單僅是如此，依然不能滿足人類的慾望，智慧依然泛濫。部分商人給予史萊姆智慧，活化其天生的變形與伸展能力，讓牠們能如貓狗般讓人當寵物，經過教育與訓練，能聽懂人類的話，做出伸長觸手幫忙拿報紙、打掃房間、幫人類小孩提書包之類的簡易動作。

當史萊姆逐漸從物質領域逐漸進入人類的精神生活，不過多久，為了將來臨的選舉，候選人大力贊助動物保護團體，要他們提倡保護史萊姆。隨意把史萊姆當食物是相當不人道的行為，真要殺史萊姆只能電宰，別讓史萊姆感受痛苦與遭遇不幸。

再過12個月又6天，大街小巷開始張貼宣傳海報，勸民眾拒絕再吃不肖商人所研發的基改史萊姆。有些藝人與網路紅人，也紛紛走到鏡頭前倡導了相同的理念。那些搖旗吶喊的說話者，多能在短期內頗受好評。

再過一年，新電影《我的史萊姆好朋友》請來當紅藝人錙星主演，將因帕斯柏設定為最大反派，是個陰險、狡詐的邪惡博士，處心積慮想把可愛的史萊姆攪成養顏美容的史萊姆汁。故事主軸，即大張撻伐因帕斯柏基改史萊姆的惡行。

當這電影榮獲票房冠軍時，因帕斯柏男爵當事人正在難民區，為戰爭流離失所的孩童烹煮史萊姆湯。

翌年，某國通過史萊姆法案，明令禁止再吃史萊姆，欺侮史萊姆將受到重罰。法案通過沒多久，新聞媒體上便出現某名學生因把虐待史萊姆的影片放在網路上，受到人肉搜索而被大肆撻伐，該生家長受不了輿論壓力，將臉蒙在史萊姆內自殺，死因是窒息。

再下個月，待在難民區、正烹調史萊姆三明治給飢民的因帕斯柏男爵遭暴民暗殺，屍首被送到首都，供給眾人朝他丟雞蛋。

再過三年，某大國因徵不到足夠兵數，秘密開發史萊姆戰士。史萊姆戰士的成品輪廓，儼然像個半透明的雄壯人類男性，且不受刀劍、槍砲等物理傷害。

完成出這樣無堅不摧的戰士，某大國開始計劃對鄰近小國進行侵攻略。但這計劃並未受到國內民眾支持，再加上另一大國對其進行經濟制裁，如此的計畫，就在改朝換代間銷聲匿跡。

不過，這個新研究成果很快就成為商人眼中的新商機，競相以史萊姆戰士為原型開發大眾平民款，減少蠻橫的作戰能力，增加肢體可達的細膩動作。依可信的商業調查，購買史萊姆戰士的民眾中，成年女性壓倒性佔了多數。

當有了人類外表的史萊姆進一步融入人類生活，再過不久，禁不起商業刺激，雌性人類外表的史萊姆戰士呼之欲出。

也因史萊姆過度氾濫的使用，動物保護團體自發性地再度重登螢光幕，呼籲別再進行史萊姆交易。可是，這一次已阻止不了人類的慾望。更有名嘴出來質疑，這些不事生產的團體是吃垮政府的主因。

沒過多久，反對的聲音都銷聲匿跡了，誰站出來說話，誰就先被消滅，再也沒有誰能坦率地提出立場了。

依可信消息指出，下一系列將追加語音功能，再下一代，可能將擁有更高等的獨立思考功能，若依此演進演進下，沒過多久的將來，史萊姆將可以上小學，並能為人類做更多的事情……

史萊姆輝煌的時代來臨了，史萊姆成為人類社會不可取代的存在。

只是不管史萊姆怎麼演進、怎麼進入人類生活，人類的小孩子——在這世上，還有許多仍餓著肚子。

乞丐

乞丐大搖大擺地走進一家餐廳。

乞丐雜髮過肩，膚色像被強鹼潑一般，慘白到毫無血色。身上破爛的衣物更是發出一陣陣讓人作嘔的腐臭味。

餐廳內的顧客看到乞丐，無一不皺眉。會來這間餐廳用餐的，大多是素養極好的知識份子，他們不會因外在如何而評論一個人，最多就請服務生詢問進來的客人是什麼職業，前些時候來了個自稱職業是老師的，就被勸退了。不過這次不同，大多是對那味道有所意見的。

餐廳的服務生盡其義務，勸乞丐離開餐廳，然乞丐卻一手撥開服務生，絲毫不加以理會，大喇喇闖入餐廳內部需繳月費的高級環境。

一蹬上餐桌，乞丐隨即張開滿齒參差的大嘴，開始敲起了飯碗、唱起了歌來。聲音時尖時粗、時啞時躁，讓人極度不舒服，再加上乞丐站在出風口，更是讓高雅的環境充滿腐臭味。

就算如此，乞丐依然沒半點自覺，就算已敲碎身邊三十七個碗，仍繼續高唱。乞丐驕傲地認為，這些曲子是他所獨有的，唯有他能詮釋。一想到這裡，乞丐更是賣力投入演唱。

發覺現場已無人制止乞丐所造成的騷動，這家餐廳原先的駐站小提琴手，便從後門悄然離開。小提琴手聽過真正的音樂，乞丐唱的根本不成旋律。小提琴手寧願不要錢，也不要玷汙自己的耳朵。

當這懂音樂的人離開再過數十分鐘，似乎是傑作暫告一段落，乞丐大呼一口氣，停止歌唱。當這嘔啞嘲哳終於淡去，眾人剎時感到解脫，紛紛給予喝采，並從皮包裡掏出鈔票，給了大搖大擺拿碗走近的乞丐。

他們認為，乞丐來要的是錢，錢拿到了就會離去。但他們並不知道，這個乞丐不是真正的乞丐，他確實是來要錢的，但他更要掌聲，確保自身的身價。

當給了乞丐不滿意的金額，乞丐便直接一把搶走顧客的皮包，然後從中搜出滿意的數量。

對於如此粗惡的對待，眾人只敢怒而不敢言。

一來必須在熟人、不認識的其他人面前保持風度，二來擔心若阻止的細節沒處理好，導致乞丐又扯開喉嚨，那麼將會成為萬眾間的罪人。

在這般彼此制衡的現況下，大家別無所求，只想要乞丐趕快走！

當收款行動總算結束，眾人歡聲雷動，相互祝賀終於脫離苦海了。得到大家熱切的掌聲，乞丐竟學起「淑女」，捻起褲腳，示謝小蹲了一下。不小心瞧見的顧客無一不感到作噁，有些人當場就吐了。

現場除腐臭味外，現在又多加嘔吐味了。

「人家真厲害，大家都喜歡人家。」對於能兩度得到掌聲之殊榮，乞丐甚是得意，翹腳坐到另張餐桌，開始以女王俯瞰眾臣的眼光掃視那些惶恐的人。

然而，就在乞丐打算清清嗓，試著對這些知識份子號令些什麼時，赫然發覺在紛亂的人群中，有個身材高挑、配有金絲眼鏡、身穿一身黑色西裝的青年從頭到尾沒有喝采，沒有騷動，也沒有如其他人那般掏出錢財，更連正眼都沒瞧這兒一次。

青年正靜靜地享受自己的餐點。

乞丐一個不悅，用力踹倒前方的那一桌，然後怒氣沖沖地走到青年面前。

「喂！給錢！」乞丐大喊。

「為什麼？」聽到乞丐的聲音，青年稍稍抬起頭，態度毫不紊亂慌張。

「就是給錢，聽天籟不給錢呀！」

「癩蛤蟆的聲音，或許比你的自然多了。」

「你！」乞丐被青年激怒了，激動之下便將青年桌上的文件大力抓起來，然後用力撕碎，撕不碎就用另一桌的餐刀來割來劃。乞丐中途稍瞅了幾眼內容，是份紙質泛黃、陳舊的文章。

「噢，文章！你在寫文章？有沒有搞錯，就憑你？天大的笑話！」

就算乞丐這麼說了，青年依然不動聲色。

乞丐見狀，又再度搶走青年從側包裡再取出的另份泛黃文件，這次先遊覽過內容，待稍告段落，這才開始嘔起大道理：「你寫的哪叫文章？滿紙荒唐，內容濫情，到底哪一點好！這種文章拿去回收都沒資格，平白浪費社會資源而已！哪像人家，人家寫的可真好了呢，人家可是貨真價實的作家！這個好地方不適合你這種敗者，快點滾，免得丟人現眼！」

青年將被破壞的稿紙收成一疊後，便繼續品著自己的餐點，任隨乞丐如何滔滔不絕地評論著。

當乞丐猛然發現這種無動於衷的態度好像在哪兒看過，他大聲一呼：「等等……喔喔！想起來了！人家看過你，你就是『特幻』！」

「……正是。」當乞丐認出青年，說出青年的筆名，青年終於回答了乞丐。

「難怪，果然是那個可憐的小作家，寫這什麼文章呀？以後必定當乞丐的啦！

人家可是個大作家，大家喜歡的大作家，還不快點跪下！」

聞見此句，青年似乎剛好用餐完畢。

他擦拭了一下嘴角，站起身喚了服務生埋單。

「謝謝，聽你這麼一說，我也知道『你』是誰了。」青年說道：「很感謝『你』如此滔滔不絕地說著……『你』的自傳。」

收回付帳用的黑卡，青年含蓄地微笑：「剛剛看的那些文章，很不巧都是『你』以前寫的。」

第四章　祂的匣

Truth

——這不是一個「虛無」，而是一個「事實」。

「妳是誰？」我問面對我的那人。

「妳問我是誰？」回答的聲音再熟悉不過，但我卻答不出來。

「妳應該再清楚不過了。」那人再說道。

「為什麼？」我問。

「因為——」那人拉長了音，那雙眼睛直直地看著我。

「我就是妳。」

一樣的語調，一樣的眼神，一樣的腰身，一樣的髮型，一樣的動作，一樣的氣息。全都是一樣的——與「我」一樣。

「妳是我？」我疑惑。

「毫無疑問。」她直接回答。

「妳是我，那我是誰？」

「我是妳，妳也是我。」

「可是為什麼我能知道妳，妳又為什麼在我的對面，而不是跟我同一面，如果妳我都是我，主宰『我』的又是誰？這個『自己』到底是誰？」

「妳自己。」她毫不猶豫地回應。

「可是妳說了妳是我，但我卻不知道。妳比起我更知道我是誰，那我又怎麼知道妳所說的『自己』，真的是我『自己』，而不是妳定下的？」我無法理解她所說的。

她嫣然一笑，只見她整整百褶裙裙面坐了下來，對我投以「不會有事」的眼神，而後招了招手說道：「先坐下吧！」

我忖度了一會兒，想著反正現階段也拿不定如何是好，姑且聽了「她」。刻意做出與她不同的動作，多整了整制服上的領子，這才坐下，坐在「她」的面前。

在這個時候，我才開始注意四周的環境。

天空的色澤灰暗濃稠，宛若在烏墨內勺入一滴滴濃稠的鮮奶，又慢慢地攪和著幽黑與珍珠白兩色，迴旋而不融合。上頭同時掛著璀璨的太陽與輝夜的月亮，像是暈開的彩墨，輪廓模糊不清。

天地之間沒有分隔的一條線，前方除了她是清晰的，其他都模糊一片。

地上的泥土是紫羅蘭色，忽乾忽濕。坐上去衣物並不會因此產生任何變化。

雖然放眼所見都是如此異樣，但過多的堪慮，我知道都是杞人憂天。

這裡，在這裡，就是我，我在跟「自己」面對面，面對面談話。在自己與自己的空間之中，雖無法全面性掌握，不過我很清楚，不會影響本質，在這裡無論說什麼、做什麼，現實也不會有任何改變。換句話說，在這裡無論發生什麼結果，對實質上的肉體都不會有直接性的影響。

約莫數秒，她開口：「看看四方。」

我直接回答：「一片黑。」

「仔細看。」她這麼說。我往附近看了幾輪，什麼實質會動的都沒看到。當我想就這麼斷定下時，從視野死角赫然蹦出一條白色的兔子，從我倆身旁穿過。

「有兔子。」我說。

「妳確定？」

「妳沒看到嗎？」

「是看到了。」她潤了一下喉：「但那並不是兔子。」

我驚愕。

「那只是個會彈跳的紙屑。」她並未因我的回答而發噱，僅擺了擺手。

我再努力觀察一次，視線隨著那東西曾移動的路線跟去。經一小段時間，終被我追到那東西的輪廓。確實，那只是紙屑。

「剛剛還是兔子啊？」

可是，我方才確實看到一雙雪白的長耳朵，怎麼會是這團糟糕的模樣呢？

「妳被外表所騙了。」

她沒對我驚愕的神情有任何評論，只淡淡地說道：「再看。」

我只能順著她的意思，再往他處觀望。

不出幾秒的光景，我瞥見一對翩然舞動的白翅。

「有蝴蝶。」我回答，但她搖頭。

「是蛾？」我再回答，她依然搖頭否定。

「蜻蜓？」

「也不是。」

不是？怎麼可能！那種輕盈的飛翔姿態，不是蝴蝶之類的又會是什麼？

「那——也只是紙屑。」

霎時，一陣熱風吹過臉頰，那優雅的存在竟翩翩停靠在我彎起的手背上。

我定神細查，發覺那竟真只是一張被揉爛的白紙。

當我想把玩那張酷似蝶影的紙時，一陣寒風忽然吹過，紙屑被吹至遠方，消失在無邊的幽冥之中。

「妳被動作所騙了。」

她的這句話沒有嘲弄，只又靜靜地開口：「再看吧。」

這次我小心了。我不再只端看東西的外表，而是設法轉化五官所感受到的形貌。不知靜待多久，我瞧見不遠處的地裡游近了一條白魚。

但我這次不再說那是魚了。我已經認為那不會是白魚，說是魚只會招致錯誤。

「我看到有條晃動的破布。」

「有嗎？」

「有啊。看，那兒。」

「不。」她望向我指去的方位，別有深意地笑了：「那就是魚。」

「騙人。」

「那個……」

「魚怎麼會在地裡游呢？」

「就是魚。」

她招了招手，那白魚竟游了過來，迴游在我倆中間。

我張大雙眼將其看個清楚，有鱗、有鰭、有搖擺的尾，那確實是魚。

「妳為了正確而騙了自己的眼睛。」她說道。

「可是在這裡，五官是不足以採信的，所見之兔不是兔，所觀之蝶不是蝶，什麼事都不是我想的那樣，我還能相信什麼？」

右手貼住胸口，深深地喘口氣，讓情緒稍稍平息，接著再仰頭望向天空。天空高掛著太陽，月亮亦陪襯在旁，這種無法闡釋的奇異現象，更加深了我的疑惑。

「妳斥責妳的眼睛？」

「不是怪，只是純粹的不相信。」

「妳的錯誤是妳自身誤導自身所造成的，不該不相信身體的語言。」

「身體的語言？『自己』？我連『我』和『妳』都無法分辨了，難道這個身體可以相信？我真能『控制』自己？難保我不會用外在的謊言欺騙我的身體與感官，沒有什麼可以保證，這些謊言不是來自於妳，或者來自我所不知道的種種變異因素。」我大聲駁斥，可是她依然保持平靜。

「我可沒這麼說。」她淡淡地回應：「我只有說『我是妳』，我並沒有任何主導身體的意圖。」

「就算這真的是事實，妳也無法證明我接下來的反應不是受到妳的影響。」我放了右手，緊緊地直視著她。

「妳依然會錯了我的說法，是否受到我的影響，端看的是妳『自己』。」她以指尖勾出交疊的小腿輪廓，並露出了隱晦的微笑：「所謂『我是妳』，是指我們之間有必然的連結。」

「必然的『連結』？連結？妳確定這個詞沒有用錯？『連結』表示單體與單體之間的聯繫啊。」

「蘋果果核中，也有著複數的種子。若種子存在意識，妳確定每顆種子的意識都是相同的？」

聽到她這麼說，我剎時如從夢中驚醒般理解了什麼。

我差點忘了，我的對面就是「她」，她就是「自己」，我正在跟「自己」對話。在這裡，沒有時空的限制，隨時可以逆轉，隨時可以跳動，在這裡也沒有「妳」、「她」，只有自己——自己與自己。她從未說她是屬於何種時空、狀態的我，她也可能是以不同角度審視我的我。

但是……我為什麼能夠與「自己」對話？

「會覺得詭譎、無法適應？這個事實無論接受與否，癥結點都在妳自己身上。」她右手食指指向我，以略凝重的語調說道：「沒有誰能斷定誰不能與自己對話，只是一般人不承認自己察覺了自己的存在、自己對自己所說的話，以及自己對自己所發出的反動與渴求。」

「可是我能聽見、看見、感受到妳，難道我不是一般人？」

換句話說……

「抱歉，妳只是再正常不過的一般人。」正當我處於驚奇狀時，她卻打斷我的思緒。

「妳只是承認自己不是自己而已。」她如是說。

「我聽不懂。」

「妳存在，但妳亦不存在。」對此，她又再強調了一次。

見我沒多做回應，她繼續說著：「妳相信躍動的存在，另一方面，妳卻不相信躍動的事物真的在躍動，妳相信翩翩飛然的翅膀是蝴蝶所有，可是這個想法的背後，又認為那對翅膀其實背負了什麼汙穢。」

頓了些許，她接著說：「但現實世界並不是這樣。魚，就是魚，不會是破布；

蝶，也只會是蝶，不會是紙屑，這是無庸置疑的。可是如果把不曾變動的事實、感受到的社會現實、妳所詮釋的狀態三者融會在一起，妳又無法輕易相信了。」

「換句話說，會發現所見的事物不是所見的，都只是我自己這麼認為而已？」

「可以是，也可以不是。」

「是……嗎？」我無法很確切地回應了。

「妳的未來充滿不確定性。」而她則這麼評論。

「選擇黑暗又選擇了光明，近炎之酷熱又親水之寒，雖說這世界本身是沒有一定性，但是——」

頓一了會兒，她繼續說：「但是妳的選擇迷失在選擇裡。」

她的語調，充滿了肯定。

「妳的生命，就是妳，我也是妳，只不過真正的『自己』還是妳，妳能看見自己只是巧合，又或許是妳希望如此，又或許某個存在的刻意安排。但不管是何種可能性，妳都能清楚知道這裡就是『自己』之內。正因這種清楚，能夠知道妳並沒有失去『自己』。不過當妳接受了『自己』擁有其它未知面向的同時，造就了妳的不確定性，妳對自己是否能夠代表自己，充滿質疑。就算是自己所選擇的，依然無法坦然面對，無法讓被選擇的事物成為真正所選。」

說到這裡，她站起身來，並且扶了我一把。

「不需要太過悲觀，正因為這種不確定性，妳才不會如『傀儡』受他人控制，妳只接受自己控制『自己』。不過妳必須注意，倘若有朝一日失去了對事物的『選擇』，出入的任何『門扉』都將成為『幻』，不具任何實質。」

我沒有回應，一句話也說不出來，只讓她的聲音沒入我的雙耳。

「正因而如此，現況的種種不確定性所造就的，正是未來無限種的可能。」

聽到她這麼說了，我鬆口氣地笑了聲。她所想闡述的，其實再簡單不過了。她想告訴我，一切事物皆具不確定性，差別僅在是否承認這個事實、這個真理。在此之餘，亦不受限於這層認知。

「記住。」

見我終於領悟她所說的種種，她伸出手，撫觸我的瀏海說道：「無堅不摧的定律，必定是由此無堅不摧的定律創造者所破壞。」

冰

「人的生命，就像我手上的冰塊一樣，只會慢慢融化。最後，成了一灘水。」我這麼說。

「你確定冰融化了不會再成為冰塊？」他提出了疑點。

「除非重回冷凍庫，再度冰封。可是就算它仍塑回原本的冰塊模樣，也很難證實它的意義與過去是相同的。一如冰凍起來的生物藉由解凍『復活』，誰能確保『復活』後還是跟過往相同。又或者把許多死去的肉體重組拼湊，構成一個新的會動生物，這個生物會同於過往的那個嗎？」聽到他這麼說，我以此串話回應。

「很難說。」他不加思索地說道：「冰熔化，成為水，就算是蒸發，在天空上還是會結成冰的結晶。」

我擺了擺手，回應他的發言：「只是，成的冰不再是過去的冰，型態也不同了。」

「但它們本質仍然是同一灘水。」他最後追述上。

懼怕

C：「雖不是全部，但為何世間如此酷愛不夠理智或膚淺的人事物？」

L：「總不希望鍊子套的狗嫌棄你給的晚餐不夠好。」

C：「為何世間往往厭惡比自己聰明或更有權勢的，不管是羨慕還是嫉妒？」

L：「猴子會和猴子玩耍，猴子會和松鼠嬉鬧，但猴子絕不會想靠近比自己的實力高上百倍的花豹，碰上了只會在樹頭上叫囂。」

C：「怕被吞噬？」

L：「是怕被取代。」

C：「也就是說……凡人害怕比自己厲害的存在？」

L：「可以這麼說，平凡會害怕不可預期的限界。」

C：「比方野猴會穿起人的衣服，說起人話？」

L：「就算人類為猩猩打扮華麗的外表，只要人類心理定義那個還是猩猩，怎會覺得猩猩經過一點努力就被當作是人呢？」

C：「問題是，連人都不是人了，誰還能指證誰是人？」

L：「所以，需要仰賴不可知的力量。」

C：「是指信仰宗教？」

L：「並不是，而是純粹在於『不可知』這點，人會對不可知產生信任、懷疑或盲從，進而產生迴避、拒絕、抵抗、探究、無視，或者恐懼的情感。」

C：「真的是這樣嗎？」

L：「正確無誤，而且說實在的。」

C：「什麼？」

L：「我有一點怕你呢。」

黑蟲

我的胸口內有一條黑色的蟲。

這條蟲不知從何而來，又不知為何會寄居在我身體裡，更不知道那到底是什麼。我只知道，當我身體感到過度疲倦、或是心情起伏較為巨大時，牠就會騷動我的心臟，使我的思緒產生異變、心態產生扭曲，需要我一次又一次否決自己才得以讓牠退卻。

退卻不代表完全消滅，但似乎也沒特別必要大費周章地把牠消滅。就這樣任隨牠成長，只要牠一出現，就讓牠退卻。我與那隻蟲，就這樣不知是片利共生還是片害共生地生活著，一過就是數十年。

直至最近，不知是因前年發生大車禍，還是近期工作較繁重所致，讓蟲有機可趁。牠用力地影響我，趁我盡心搖飲料、煮茶倒杯、銀貨兩訖時，盡其所能地在我的胸口與腹腔內做了叛亂。

「還好嗎？感覺你這兩天氣色很差，是不是病了？」

老闆邊處理無妄被破壞的店前招牌，邊關心詢問。

我當然不是病了，而是那東西正惡劣地侵擾我。我以拳頭捶捶胸口，乍似是為自己打氣，實則恨不得輾碎那條蟲，別在重要時刻打攪我。

可是又有誰知道，那條蟲在年終尾牙後竟更加得寸進尺，開始啃起我的肋骨、心肺，且越吃越大。到最後，由內而外，我被蟲吞噬了。蟲的口器覆蓋住我，我被嚼碎在蟲的肚子裡，黑壓壓、死沉沉的。

我能感受到我的身體被分解了，成為蟲的一部分。但我不甘就這樣被吞噬，我瘋狂地想從蟲的肚子裡鑽出去，我還有很多工作要做、我還有很多規劃還沒處理！我學蟲那樣反抗，在蟲的胸窩攪動搗蛋，趁著蟲疲憊時更是全力反擊。

終於！經過努力，我終於掙脫了，啪地落到了地上。我自由了！

我想挺起胸膛向黑蟲炫耀及宣誓主權，讓牠慎懼牠的對手。

可是萬萬沒想到，重獲自由的我，竟連站都站不起來，全身都是黏膜，皮也不見了。

仰頭向上一望，赫然發現蟲正披著我的外表，做著我平日做的那些事，兩顆黑溜溜的瞳孔全然放不下我的身影。披著我的外皮的牠，微笑比我還燦爛、還更有自信，做出來的事，也比我更加俐落！

但是……我就是我，不該外來的任何誰代替我，就算比起原先的我還要更加完美，我依然不能接受！

我憤怒了，全身的血脈都簇擁著我快點奪回主權、搶回我所屬。可是這紅殷殷的身體卻只能在地上蠕動，眼見我的外皮越走越遠，情急之下，我讓下半身變得像蛇般蜿蜒，硬是在滾燙的柏油路上爬行，使黑色的血痂染得全身都是，並讓喉嚨嘶吼出的聲音包覆住感官，讓我的外殼硬如蟹甲。

最後，我盡上全身的力氣，猛力躍進我的外皮的胸窩。當一進到內部，我頓時感受到現在的自己實在太過渺小，渺小到一點影響力也沒有，我終於感受到我與蟲有多麼懸殊的差異。

但我不會只瑟縮在原地，每日每月還是會持續鑽啃，醞釀實力，等待機會。

我發誓，總有天我一定要奪回主權，奪回我的身體！

我會大口大口咬，趁著牠忙亂、疲倦、或心情浮動較大時更加用力地去啖食，最後包覆住原該是我的身體，把黑蟲給吐出來。讓牠打滾在地，連我鄙視的眼都得不到。

正義

「我是強盜，拿出錢來。」

「我是警察，你敢搶嗎？放下你的刀來！」

「警察是什麼？在刀面前這頭銜還有什麼用處？」

「警察代表正義，你所做的事情是錯誤的。」

「我搶來的錢也能買個盆栽放警局門口，搞不好局長還會對我說聲謝謝，也可以拿去買幾個便當救濟沒飯吃的乞丐，誰能證明我是錯誤的？」

「不對，沒有善的動機就不會是好事！」

「我搶多點錢，召多點同夥，安撫其他警察，買通會說話的人，請你的高層喝個茶，搞不好就能讓你連個小警察都當不了。」

「就算我當不成警察，我依然會伸張正義。」

「就算你真代表正義，有實力宰割你的還是我，我不殺你，把你剝光丟到深山裡餵狼，讓狼連同你的身體、警衣、怪項鍊都吃乾抹淨，你也是死路一條。廢話少說，拿出錢來！」

正當搶匪與警察爭執不休，剛巧有臺警車從旁路過，路過的警車連看這裡一眼都沒有，就這樣駛了過去，行人們也匆匆而過，野狗亦不駐足在這兒。

強盜看了，便咧開嘴笑道：「這樣看來，你連正義也沒有了。」

受刑人

對發酸發臭、毫無用處的物品露出鄙視的眼神，會先被淘汰的恐怕是這樣高傲的態度吧？將倒翻在地上的泡麵扒起，並塞進嘴裡咀嚼的他是這麼想。

先別管悶太久的泡麵配上灰塵是什麼味道，這碗麵是今晚唯一的糧食。不吃，就準備餓肚子，不食，也不知原本預定用來吃飯的時間要做什麼。再嚼個幾口，想說也該是對被糟蹋的糧食有了交代，便拆了明日的泡麵，準備煮新的沸水。

這是一個套房，名符其實的標準套房，可是原應能舒適入住的功能卻被不明所以的複雜情緒所掩蓋。原該放滿講義與參考書的書櫃，卻堆滿積塵的紙，以及好幾尊Fando塑成的扭曲人像（人像胸口內塞的是切碎的塑膠袋）。原該整齊放在衣櫃內的棉被，卻像嘔吐般散亂傾瀉。原該是明亮的空間，燈泡卻壞的壞、閃的閃，其中一盞上還黏著壁虎的乾屍。

在這團紛雜的中央，坐著他。

他坐在缺腳的椅子上，面前有張舊桌子，桌面上放滿不同的東西。新穎的、破舊的、筆記紙、碎貝殼、舊吉他彈片，也有鑲金邊的食物包裝框。真要用一字統括，就是「亂」。像極呈現目前心境的亂。

他正仰著頭，望著生有蛛網的天花板思索，倘若不可視的高空真有雙眼睛看著他，那麼所被看見的，究竟是個如腐物般的人類，還是有著人類形軀的腐物呢？稍稍回顧近月所遭逢的種種困挫及正做的事，思緒就跟身旁這些糟粕般紊雜在一塊。

他噱，反正棲在中央旁一隅，哪天因某些隨意的理由駭然離世，也不會這麼快被鄰居查覺（最危險的地方即是最安全，反之最引人關注的地方即是最隱密處，他是這麼深信），或許半年之後，租屋的期限將至，房東想換個口味轉租他人，才會發現那攤近乎惡趣味的死屍吧？想到這兒，心頭又是一陣很痛的暢快。

「我甘願當個受刑人，處在這沒有鑰匙的牢門——」

暢快之餘，腦子裡不知為何溢出片段的歌詞。

他很自然地哼了出來。但才起音沒多久，新泡的泡麵又翻倒了，翻了滿腿、滿褲子都是。褲子的拉鍊沒拉緊，湯水潰進大腿夾縫，好痛。但不是真的喊出痛來，只是意識到痛這個訊息而已。他沒直接處理突發的危機，而是先把螢幕內尚未告終的發文稿結個段落。按下「發佈」之前，附上精心修過的圖。

他對自己的修圖技術，是目前生活中唯一滿意的。

他的性向正常，但他喜將自拍照修成女性，且是媲美「真實美女」的照片上傳至社群網站。眼見短時間內「讚」數越來越多，這就是一種肯定、一種殊榮。

「瞧！半小時，這不是破百了嗎？」他笑了。一股難以言喻的腐味從咽喉深處湧出，他並不清楚這是什麼味，可是當右手中指與無名指扣下確認鍵的同時，他大概摸熟這股味道是從哪頭竄來的。

臺北橋附近的老巷弄，在水洩不通的車流左右，像極老成的動脈血管，中線急速流動，左右則積著經年累月的質與物，皆處在平衡的沉默，宛如陽光透進老舊的房舍，總能瞥見飄搖的塵埃落了定。

臺北橋上頭只有急流與大急流，當綠燈一亮，那些機車多麼像湧散四方的諾厄洪水，凌晨之前都是尖峰，早上七、八點和下午六、七點更是大尖峰。若把這些移動載具換算成現金，每月千億這個數字應是不難的。在出橋前的左右區塊，時間是靜止的。在這個區塊裡，老人們總會坐在自家門口，抽著菸、碎著短話，街口的花店與菜市場似乎不很在意客人多寡，因他們總知道自己的商品需求者是誰，慢慢賣，收攤前總是空籃。

數十年來不變的積蘊，這種時光性塵土味、悶了許久的中藥味，很適合隱藏他的腐敗，任他想遁逃到哪裡都不可能。

他不認為自己還在腐化階段，畢竟早已沒空間能讓他再沉淪下去，墨不用強調自身的黑，暈在指尖就是明白。他又笑了一聲，可是這笑到一半便尬然停頓，他突然覺得這聲音很配剛修的那張圖。但要再發一次，就覺得噁心了，味道像極灑滿鹽巴的酸梅，又在外頭裹層牛油。

這就是矛盾，但他不去釐清細部的種種。

矛盾……好一個亮麗的詞。他突然想問自己為何跑了老遠窩到這裡。工作？上學？人際？以及現在正在做什麼？兩年又十天十九小時前還不會混淆（很意外仍記得這個數字），產生混淆的實際原因是什麼已經記不清了。

想到這裡，螢幕上另組帳號的訊息聲突然響起：『在幹什麼？』

一個來得相當突兀的訊息，是數年不見上線的「好友」，更貼切的說法，是先前都被封鎖，有求於我，所以才來訊吧？他馬上這麼斷定，毫無期待。

『老樣子啊，混吃等死呀！』既然對方來假的，他也回假的。

『別鬧啦！』

『還是說終於要結婚啦？恭喜恭喜，恭喜發財喔！』他在虛擬網路上可以很輕快，談吐可以很調皮。但回應時他是沒表情的，表情被污垢與黑眼圈所覆蓋。

在此之後，浮現「好友」真正目的前，又打屁了幾句，內容全沒記得。

『那件事，到現在你還記在心裡？』直到「好友」開出了這樣的話題。

『什麼事呀？老衲最近記憶變差了耶。』這些虛情假意的話語，很難深入到他的心底，他懂自己口是心非，也懂得自己沒正視這對話，因為他根本不想坦然面對這個「好友」，這個勁敵，這個情敵，這個……殺手。

『那～怎麼私我啦？』串場到底，鬧劇也該告終。他主動扯掉骯髒的薄紗。

『明知故問！』「好友」的訊息多加一個生氣的表情符號。真生氣？假的。

『明天屏東火車站前有個露天音樂會，原預定要唱的樂團不去了。我們在湊人補缺，我已經把你算進去了。』

後頭，又補一句：『你一定要來。』

『哪尼～！』

他用誇張的語氣回應，但真實的表情依然無波，或許自己的臉上被上了什麼鎖，且無法解開。也不打算解開。

『出來啦！』對方又傳了訊息，這次表情符號是氣急敗壞的模樣。

『總之，今天×時×刻，在×地集合！搭高鐵，記得帶車票和住宿錢！』

還是老樣子，整個領導者風範，與老是猶豫不決的他相比優秀太多。所以才能在加入樂團沒多久，取代他的主唱地位、兩個月後，引領樂團成為校園金曲冠軍、又在趁他不備之際，奪走他的她的吻。

現在談那段往事，就像小時候埋葬精心照料的蠶蛾那樣，還記得當時候很哀傷，還哭了十小時又十九分。可是現在，那股無法忍受的哀傷，隨著蓋上原是蠶蛾的窩、現卻成了蠶蛾棺材的盒子時，也一同被深鎖起來。

感情出自於己，不理解亦是己。

「好友」跳過不必要、假惺惺的歉意，好樣的。

更正，或許對方全然不認為自己做錯了什麼，一切是她自廂情願。

他突然很想往窗外探，這裡看不到斜對角方向的炸雞店，即使看得到，油也還沒溫。既然如此，還是要出門？「好友」已不再傳新的訊息過來，顯示離線了，八成又重新封鎖了吧？出門，好陌生的詞，然這動作並不生疏。

他捫心自問，自己並不算繭居族，雖生活邋遢，出外還是有，走走那不知名的公園，或到中山地下街繞個幾圈，感受喧譁的熱鬧，觀望學生社團練習舞蹈，品味那爵士廣場的氣氛。又或偶爾走入京站，對那白色、綠色的巴士來往發愣。接受交通的指揮，感受原來自身為了活著，依然會遵守社會的基本規則。晚間到承德路那間蛋糕店探探，這季有啥新口味。凌晨時，又坐進同街上的麥當勞，探著頭望向對邊肯德基的客人。

他雖已腐得不成樣子，生活變化可多了，但這些變化又能帶給他什麼？

哆嗦，些許冷了。

他轉身想拿取外套，但手勾不到，指尖在半空中一劃，椅子倒了，壓碎恣意放在地上的手機。手機（在三年前還是前衛的機型）壞了，與家人的通訊就此中斷，他如發酵豆奶般的腦蝸早忘卻家中電話，也忘了父母的生日，幸好手指還記得郵局帳號的密碼，到提款機的按鍵前挪移，多少還記得動作，勉強得以活著。

大力呼吸，又吐氣。心臟是跳動的、鼻端嗅到是臭的、抓背的指間感覺刮下一層如黏土的稠狀物，這不正是活著？啊，真好。

要換手機？他對自己提出這問題。若平常時候，他會戴上假髮，拍個照片、修個圖，然後發個「啾咪～手機壞掉嚕幾彌畔～要換新Der ㄇ？口速要換哪種呢～」之類的貼文，去收那些沒營養卻又喜悅的回應。

可是今天沒這心情，並非因手機壞了無法拍照，而是思緒好像漏了什麼零件，也不知少了什麼，就像民權國中內的老樹掉了幾片葉子，學生會掃，清潔工會丟，但誰又會細數上頭的菌斑。既然如此，在乎漏了什麼有多少意義？

「因泡麵吃完了，抽屜空了。」他給自己這樣的答覆，滿不滿意是另一回事。無論如何，今天都得背吉他出門，去赴那個打從一開始就沒把握的約。

約定，赴約，吉他……

他很突然地回想起。離開樂團後，曾有段去西門町賣唱的日子，停留時間很短，很快就被驅逐。沒人趕他走，是他自己清楚噴漆的烤版畫比他的歌更能引起共鳴。那時候有多少聽眾，他不清楚，也想不起來，就像大橋頭捷運站1號出口那附近賣安全帽的，每天來往有多少頂，上頭擺的樣式有無更新，誰又會去在意。再加上這層記憶像捲入粥中的奶油，似是而非的色澤，根本抓不著。

手伸向門把，門把是新的，或許每換個房客，就換一套？這是房東的用心。那麼，手上的這串是第幾套了呢？他是第幾個被鎖在這早就該被政府拆除的樓中樓嗎？

走下樓去，階梯兩旁遍是壁癌給不了答案。推開一樓的鐵門，他才赫然想起房門忘記鎖了。不過也罷，這道牢門不會有誰想開啟的。疾駛的車與老人們的眼是最好的障壁。況且費了功夫，進了滿是瘡痍的房內又能找到什麼值錢的？

一想到此，他把吉他背得更緊了。

出了門，先綻入眼簾的，是臺北橋下的停車場。部分機車已不知停了多久，坐墊積滿灰塵，多到在上頭被寫了「幹」字，都不見有誰把那烙印除去。

那塵並非他的管轄，他的任務是讓自己的機車發動。才剛坐穩，他猛然想起鑰匙放在樓上。接著，他又想起自己沒整理在外過夜的行李。接續的三個「遺忘」，是要提醒他別再陽光下逗留太久，快點縮回那個巢穴嗎？延遲三秒，他退了一步，而後狠狠踹了自己的車一腳。

吭一聲，機車承受不住這脆弱的打擊而頹然倒下。也罷，坐捷運吧，最近的站是大橋頭。

雖地面上跟目的地僅一條線，但他就是不想再徒步走那個大圓環，很討厭那種不時有計程車尾隨在後的感覺，他寧可花相同的時間，坐捷運繞個大圈。打定主意，他便掉頭往重慶北路的方向走去。

重慶北路對鄰近的社區來說，是截然不同的世界。當那如灰色銀幣的月亮升起時，小吃的香味總隨染飄出，滿足不少挑剔的胃。可惜出門的這時間並非這條路的興盛旺季，無緣瞥見滿街燈花。也因此，他的視線轉往其他處去，是十字路上的警察局。

他瞧了警察局一眼，並試著揣想，若擅自闖進警局內，能不能真就不用出來？又或……他有種衝動，想把那警徽上的飛鷹翅膀折下來，裝在自己的吉他上。對於這個荒謬的想法，他賞予一陣狂笑。但沒真笑出來，他用拍擊大腿頂替。

大橋頭站相較於中山站，特色性少很多，但這並不代表沒它的用途。

下午三點，剛好的時間，這時間點人潮適中，比起過年少多了。過年時附近的夜市攤攤都是滿滿的年貨。年貨之多，試吃皆隨意，一元水餃是獨居者美好的記憶。也因人潮之眾，他特別看不清楚每張臉，都很模糊，連身為主角的年貨也很模糊。

滿滿的人、滿溢的靈魂……好深的回憶，他霎時有種衝動，買罐台啤坐在路旁。喝沒醉，就再一瓶，到眼前的世界因他化作萬花筒般暈眩為止。

往昔，他沒這種習慣。他的家庭是不准過放蕩生活，如此糜爛肯定會被大加痛斥，可是在這時他寧可選擇如此。讓靈魂內的毒膿噴發，灑了滿街都是。

「還真是……糟糕。」

他憶起跟女人喝酒第一次的情況。是白字紅底招牌的超商買的，買酒的主因是他想讓女人醉。那女人是誰，是叫玟郁的吧？不重要。記得是條短到不能再短的灰藍色開衩的迷你裙，貼實了臀部的曲線，更透出了一雙白得反光，讓人眩目的修長雙腿。

但他不願再多想有關於她的其他細部，也不願再多想當晚的自己是多麼齷齪，醉了之後，他有意欺負她。他知道自己有不易醉的特質，然真喝起來，仍暈得不是人，每節手指都像打了麻醉劑，麻得摸什麼觸感都不對。但他逞強，總不能在女人眼前先倒吧？

醉……罪……

自那天過後，自己是否有醒了？若欲清醒，是否喝罐黑瓶身的咖啡，來個雙倍強效，即使非現泡，添加的化學成份多到數不完，效果相同不亦可行？

又突然疑問，醒與醉的怎麼區分？空白，沒解答。

離了捷運，投了藍幣出站，順著身體帶有的記憶不思量地朝前走著。他到的地方是臺北車站。他正往地下街的方向走。毋用看地圖。

這些路，幾天前才剛走過，可是腳步卻如此陌生，是因來往的人都不認識？方從東部來到臺北，差不多也是這副光景，難不成這身體還適應不良？亦或潛意識認為其實現在正處於遊走臺北的幻覺？

想著想著，腳步也已過了全牆面皆是遊戲廣告的電梯，抵達約定的地方。

呼了口氣，放眼四周。炒冷飯的話題、換了主角然性質仍相同的遊戲、改了動作卻一樣迷途的人群，轉了味道卻照樣甜死人的氣味，變了語言卻還是流行的音樂。他突然覺得這地方是「好友」特地選來刺激他的，這地方有許多回憶，但那些回憶他都刻意刪除，全數空白卻又頓感惡寒。

又哆嗦了，好冷。

他低頭自語：「為什麼要履約？」

一直都是受騙的人，為何須遵守諾言，他想起前次與「好友」也是這樣的約。那天，就這樣讓他硬是孤獨地泡在幸福與活力之間三小時，隻身苦守佇立，沒半人前來履約。且聽著盲人歌手的胡琴，自己卻沒展現的空間。

是，她被他強奪的那天。

思緒到此，鼻尖似乎聞到氣味博物館傳來的訊息。已讀了，卻勾不了什麼記憶。如在墨汁內滴入炭屑。已嘗過夠最可怕的卡羅萊納死神椒，胡椒算是什麼。

他閉起眼，捏了捏鼻樑，又重新張開。川流的人群，這交叉口歷來都是如此複雜，佇於此的他是否正為破壞這祥和環境的罪魁禍首？

這些問題太複雜，他不願思考這麼多。只是不知為何，當他掠見另處某男人強硬地將女人推向牆面，以霸道的動作吻了她，他垂首看了手錶。

還有五分鐘才到約定時間，但心中已有了結論。

他直接離開，「好友」必是爽約，篤定是又被背叛了。「守約」。這樣的約定到底算得了什麼？遠古有言靈使人信守承諾，現今有紙本契約。剩下的言語，到底哪些還可以存留？

思緒到此，他的腳步又往三條地下街的中線走去。不像中心的中線。當與白衣短褲的馬尾女孩交會而過，他的嘴不自覺地哼起旋律。

「Smiling together、Will be together……」

原應不是這個音，但他就是覺得這樣的旋律很配這樣的詞，即使「一直微笑下去」也無妨，畢竟這「一起」到底要跟誰？「單人套房」沒有複合的音。

瞥眼關門大吉的超商缺口，又轉了個音，口裡的旋律。

噢，又回到捷運區了。

窺到紅線入口，他突然覺得胸口很痛，發覺這情況當下，腦海僅竄過一件很不重要的訊息，錢包裡的那張綠色悠遊卡不再代表學生了？他的身份，已不再是浪漫又瘋狂的學生。

好似不久前，自己才剛進這灰色的大染缸，還會在不及東京車站複雜的臺北車站內迷路，不知該往哪頭闖。反觀現在，隨意走往任一長廊，都能清楚知道哪面牆碰過，記得在哪面牆等過女人換妝，扯去學生的素顏，轉為前往舞廳的打扮。記得那面牆，亦記得是哪面牆，他靠著等女人用驗孕棒後的結果。現在，他靠向一面未有故事的牆，沒人逼他，他自己這麼做的。

從男廁出來的旅客瞅了他一眼，沒多說話，牽著自己的孩子就走了。宛若這面牆上，正黏著刮不掉的噁心口香糖，小心別觸了。

第二位出來，一名少年和一名少女牽著一名手抖的老人出來，少年和少女是情侶，還是兄妹？誰知道，他只知道他們全神照顧著那名老人，不讓老人繼續說些語無倫次的話，對他的態度則差不多同前如此。第三位是提著綠色手提袋的、第四位是繫黃色領帶的，接下來的每位都是。待這原地，感覺就像電磁爐的加壓與高溫。他按耐不住，轉逃往臺北地下街。

時間在這時是毋必窮追。關於臺北地下街，他曾從各式出口走出，又從不同的入口走進，進去之後又出來，這樣反反覆覆，或許唯一關切到他的只有監視器，那些可愛的貓兒們不會發現這曾在這街花上數萬元，卻從未出過聲的顧客。

他還記得（已結痂的記憶，勉強還能掘出一些）曾跟父母走過這條街。父母跟過去無論髮型或服裝都很俗氣的自己沒兩樣，不同之處在於到地下街第一件事是找吃的，且別太貴，這黃線的底有。父母買了兩碗麵，一碗他吃，另一碗父母一起喝湯，湯喝完又把麵撈給他。

很遺憾地，他早忘了那碗麵的味道，也早忘了是哪攤，搞不好早換了東家、遷了招牌都不知道。他只記得父母和藹地對他說道：「多吃，外頭生活沒人照顧。」沒人……只有一個……畢竟僅一人的話，吃什麼都能隨便。人言道，愛己者才能愛別人，他不認為這句話是空集合，但成立的計算式不會跟自己有關。

接過女僕打扮的服務員手上的傳單，他莫名有種感謝，原來對女僕來說，他也算潛在的客人。他在女僕咖啡廳斜對面的飯館坐了下來叫餐。這麵吃起來少了純樸的味道，相近機場那種乾淨、有條理、無雜質的風格。

食畢，他驚覺這一餐完後，連後天和大後天的份也用去了，口袋裡僅存的鈔票成了銅板。

他不介意，這是該來的。該來的，可是他該來嗎？

突然想問自己這問題。他已不記得為何要來臺北，來臺北多時，還是對臺北的街道相當陌生，搭公車仍要一個個盯站牌，記不起去哪頭要坐哪號。曾有次在京站前坐了亮著北門字幕的車，原以為是繞到臺北車站的另一頭，孰料竟奔往某大學後門，折騰半天才覓回所住之處。

台東（家鄉）有些地方只要往高處移動，往四周環視幾回，就能略知地標。就算不清楚，也能從住家或山的方向猜出差不多的方向。可是首都不同，諸事變動太快。或許正逢此因，迷路至今。

待聽見遠方表演的掌聲，他才起身走了。

接著要去哪裡，他沒個底，他試著從擦肩而過的路人眼神中，找尋一些方向的靈感。當兩名女人牽著手，帶著一盒提拉米蘇經過的同時，他的思緒連起過去。

童稚的他曾作過惡劣的事，捕獲蒼蠅，不直接殺死，而是進行各實驗，一號在翅膀上黏強力膠，看牠一被解開束縛就想往天上飛，沒想到薄翅上竟有異物。牠想掙脫，可是腳一勾搭也被黏住了，又滾落桌下，未乾的強力膠觸碰地面，就這樣整團稠著等死。二號用很細的棉線穿過腹部，另一端沾劇毒的水，蒼蠅一獲得虛偽的自由同樣想快點飛，可是牠並沒發現那條線正束在橡皮擦上，掙脫不了，毒液慢慢順著綿線往上，就像倒數，當劇毒滲透至腹內，蒼蠅開始抽搐、掙扎，直到連自身的腦袋都被扯斷，這才停下。

諸如此類，以前的玩法可多著，每個邂逅的小實驗品，都是珍寶。然現在瞄到的蒼蠅，已如見多的虛浮世界，提不起任何興趣。或許，這沉重的腳步也被強力膠或毒線所絆住呢？

關於眼前，他有想過這條地下街是為何而設立的，絕大部分都是年輕人喜歡的東西、用品，與他無關，雖然說才剛到而立的年紀，卻已與此處外顯的青春與活力格格不入。所以他走得很快。直到一間位於H型路口的雜誌店前，他才停下。

「我……」並是非他想停下，而是這身體硬是要他煞住，誤踩縛鼠陷阱，或踩上了地雷，這個橋段一定得度過。

度過……度過啊……會無法挪動雙腳，是因他突然想起聞見第二任女友結婚消息時的情況，第二任……印象中綽號是小茸，玄黑色的髮帶總挽著兩條小馬尾，兩耳總用蝴蝶結造型的小耳釘，臉上總勾著調皮的微笑，腳上總穿著上頭有鑲碎鑽的拉帶鞋，總用那腳跟以踩踏刺激著他的神經。那時在工作半途的珍貴午休，剛放棄當建築師，現在又聽到這等噩耗，同僚都為他嘆息，只有他加快扒飯的速度。

胃口還是很好。同僚讚美他EQ高，然……誰又能知他想的是須快點吃完。不快點吃完，等情緒上來，那時可就沒任何胃口。飯會可惜，工作會無力，晚上會絕望，深夜會崩潰。

他以這些胡思亂想來麻痺自己，真的是麻痺？那為何當損友推薦他白粉時，他直接拒絕了？為何會對那些毒品一概拒絕，連碰都不想碰？對，何不麻痺？就像那時醉了她，讓她每寸白皙的肌膚都通紅，也醉了自身的人性。為何會這樣要強調自己的清醒？為何又在希望自己清醒之餘，又不斷讓自己的心神處於癲狂的邊際？為何還會在這個地方遊蕩，只差沒在站前跛腳行乞？

胸口又痛了起來，且加劇了。突然很想回到租屋裡，繼續更新文章，繼續修圖，把真實修成虛假，製作美麗的面具，欺騙那些實際上也從未想知真實的觀眾。可是又突然覺得作噁。

對，他想起來了，玟郁曾經說過他很噁心，說過他好假，被小茸說過前期讓人期待，但到了後期卻是讓人失望至極，被說過他不該在的！

不該在，不該在的，不該在的負面情緒頓時湧現心胸，強勢如海嘯，名為理智的水壩瞬間破滅。他突然很想狂吼，也確實狂吼了。

很多顧客都看著他，男友保護女友，爸爸保護女兒，孫子躲到爺爺身後。當有危險時，弱小者都會躲到強者身旁。

那麼身處邊緣的他，為何沒有依賴呢？好殘酷的不平等，他更覺得腦袋快炸裂了，好讓鴨頭小女孩手上的筆戳穿他的心臟，讓黑紅的液體噴濺——在大廳，那僅存側排椅子的大廣場中央！比那巨大的書法字更讓人駐足！也讓輕乳酪蛋糕的香味多分點毫無營養的血味！

美好，多麼美好！實在是太美好啊！

他仰頭、他狂嘯、他感覺在此刻張開的口是湧泉，有許多黑水奔流而出，像極臺北橋冬天早夜後的車流！是順的？一路從民權西路闖下去，把那夜市的魚湯、烤捲、魚粥全都推倒！是逆的？就這樣撒入淡水河，一路洩到重新路？他有重新嗎？人生有重新嗎？一切都被錯誤又錯誤的選擇所誤導！重新在哪裡啊！

他熱辣的胸口突然竄出一股惡寒，腦門就這樣閃過一陣白。一個踉蹌，跌倒了，吉他從肩上鬆落，咚地很大一聲。耳朵貼在地面，他彷彿聽到有人去叫警察，那些由潔淨地磚所反射的恐懼眼神，及鞋面，當他看到有幾雙是有根的拉帶鞋，胸口的憤怒更加劇烈。

他用跳的，兩手扶地，直接彈跳起身，然後用力地舉高吉他，用力摔在地上，摔個稀巴爛，回音不夠響亮，地磚沒有龜裂，他又敲了第二次、第三次、第四次！毫不猶豫，像在殺戮自身的瘋狂是多麼讓人痛快！

很喘，過久沒運動很喘。頓了兩秒，甩開手上的殘骸，撞開指指點點的人潮，往任一出口奔了上去。只要出了那閘口，就像出了用寒鐵造的囹圄，冷空氣與熱空氣的對流很明顯。外頭很熱，可是裡頭的冷氣卻很強。

跑上了地表，又下意識地想往京站跑去，往那H型天橋。這時間沒見到那個老坐在橋上的算命師。算命師曾看過他的八字和面相，認為他未來是個建築師。是啊！了不起的建築師，他建造了許多的破壞，為此還在內心裝潢上自負、自傲、自卑、強烈的自我不認同。多麼妙啊！

他停了下了腳步，就跟底下那些因紅燈而停下的車潮那樣，有個觸動。

他的耳擄獲了吉他聲，這歌聲似曾聽過，這樣的歌聲，以及這樣的彈奏法。可是腦袋還是很混亂，無法配合思緒變動。

變動……他想起來了，是西門町！

那6號出口走入人行街，自認性格的裝束，彈著自我陶醉的吉他哼唱，這樣的意象組合太過深刻，深刻到不可思議。當畫面播映到路人將銅板放入那表演者前的帽子後，他又繼續奔跑。

他不知為何奔跑，或許是想讓掠過臉頰的熱風洗去身上的罪孽與謊言，然這樣的理由連自己都無法接受，何況是他人？可是他沒有選擇，他只能奔跑，好像前世就是這樣奔跑，奔跑追日的夸父，硬是給自己一個死刑。

在這樣盲目失焦的情況下，他再度跌落。

他不知跑了多少，更別提這裡是哪裡，只知他跑得很澈底。一個踉蹌，整個身撲向店鋪，一間飲料店，頭都埋進了招牌。

這樣破壞他人的店鋪，會生氣是正常的，將會賠款也是應該的，當說沒錢恐怕不會被信任，身上的羊毛外套就是富有的證據，穿在身上，一件都快成為人皮的外套。早知道就別把吉他摔壞，至少可以典當給老闆，不用窮究其他途徑。

不，想什麼都是無濟於事，耗了整天下來，他已經感到精疲力竭，他決定放棄掙扎，等待制裁。

「你沒事吧？」然事實並不如他願，聲音的主人語氣很平靜。這聲音肯定來自於被無妄之災殃及的店家老闆，是個女子的聲音。

「真是糟糕。」他感覺自己正被手忙腳亂地從招牌內拔出來，但這並不比沒被喝斥來得震驚。

為何要這樣做？一個罪人不該受這樣的待遇，以及他該要用什麼樣的表情面對這聲音的主人，他沒著落，也不打算去揣想。當然，這思緒浮現之時，他早被拖了出來，宛若故鄉那魚貨市場裡，每每怪手拉上岸的大魚，冰冷的、無力的、任人處置的。

接下來，他會像家鄉的那個魚販老根大手抓住的魚那般被切割吧？就看是否好價錢了。

「看來只有破皮，沒有流血就太好了。」他自覺現況已沒有什麼事能鑽他的心，但女老闆所做，全然在概念之外。

對於他來說，早就沒有所謂的苦難了，他從未屬於逆來順受的，也不會對於「吃的苦中苦，方為人上人」得到任何感動，就只是一句話。而這句話所含的意，他自認不是讀文學的料，只會對樂譜有意點可以理解之外，其他的都不能理解。更別說眼前的「意外」。

是，他根本想不透。

這飲料店的女老闆不但沒要他賠償，看著稀巴爛的店前招牌，只碎了口看來該換新的，便引他進店內，幫他搖了一杯特調果汁（老闆自己也有一杯）。說聊個天，算是賠罪。他無法拒絕，話題就此展開。

「你的手感覺很常用電腦。」

「……怎麼說？」

「放在桌上的動作呀。」

她笑：「這跟我沉迷遊戲的表弟很像。」

「……」他悶。

與真人說話，不知已多久沒這樣了。

他有種很想直接從這裡出去的衝動，但最後並沒這麼做，或許衝動過了，剩下的僅是平靜，不會有多餘的念頭。不覺間，他感到憂愁。

「不用多想，我只是隨口聊聊。」反正在這角落，很少生意。這句話她沒講，可是藏話技術太差了。

「臺北沒角落。」他突然想這麼回。

雖不管到了哪裡，都會有明暗處，但他就是覺得臺北特有的灰白天色下，有種說不上所以然的協調感。既然如此，就沒有所謂混淆的可能性吧？

「保護色。」她轉轉吸管，這麼說。

但這話題沒有結論，也不像等待回應的句子。在這陣習慣的沉默下，他不習慣地開了新話題：「一般來說都不敢喝自己調的飲料。」

「為何不敢？」她大力啜了一口，表示滿意：「真材實料，盡我所能去做了，就算被唾棄，還會有遺憾？」

他沉默不語。看著杯子上逐漸凝結的水珠，就只是水珠。很單純地，卻很真。不會是其他的東西。這讓他想起「我思故我在」，但這哲學太過艱澀，他那瀝青般濃稠的思緒可玩不起的。

「吶，你玩音樂嗎？」只是當他想著該要在哪個時間點告個段落，女老闆天外一筆的問題，讓他些許不知所措。

「總覺得你很像我以前喜歡的某個歌手。」

「哪方面？」他錯愕，這問題是針對他而明知故問，亦或僅無心插柳地開話題？她的眼神找不出真意，只像是把開了回憶鎖的鑰匙。

「那段時間我每天會去西門町聽他唱歌，只是他後來不告而別了。」到現在，多少還記得他的歌怎麼唱。她說。

說是怎麼唱，其實也僅哼得出旋律。她記得，歌詞平順，旋律很重，重到像把心擠捏到爛，可是卻又不知最初的元素是什麼。在惆悵時聽，那些音符總能嵌進缺口。

他懂，像是隔著一道霧面玻璃，還是知道對岸的風景。

隨著指尖扣桌面一響，她哼，依記憶哼著，他聽。真的聽著。

然到半途，音悄然斷了。她嘆口氣。

「很可惜。」又再嘆了口氣：「他不見了。」

他接不下話語，店內重新陷入沉默。聲音就此沉淪，與記憶中臺北橋那深夜仍狂飆呼嘯的音成對比，是全然的靜。

他學她把弄吸管，讓飲料隨吸管轉呀轉，這種迴轉，讓他想起二二八公園內四腳柱的鐘，很靜，又很沉地封著一段歷史。

自己，是否就跟這杯飲料那般，也是這樣隨著吸管旋轉？

順著社會規則，順著當下流動，做出與人生規劃不同的決定。

望杯子裡的飲品，他腦海裡的畫面不自覺地迴轉到那滿是日式、西式年輕人商店、充滿潮流的西門町，那與已離去的阿尼美特相反、地下誠品再過去的地方——很長的幅度，密集區就是那片段，電影廣告架下的地方。

轉著轉著，他抬起頭看了她一眼。

這一眼，驀然像是面鏡子，他有種從頭灌下冰水的感覺。

醒了，清醒了。

他真想起了。他確實曾在西門町賣過唱。有仰慕者，他一個都記不起來。

想起一些回應仰慕者的句子了，那些話都回得漂亮。那當然，那時的他還認為自己將邁向演藝圈，必須習慣那種光環與視線的投射。

自視甚高的他，一個從台東出發的他，輝煌又荒唐地在臺北發展，首站就是東區，他曾以吃過那家用水果為名的蛋糕店為榮，且還是與女人去的，那時的自己應是最幸福的吧？有志向、有女人、也有著錢。

現在也不差，但就是無法讓自己去接受。

「這段留在記憶裡的感覺，也沒有不好。」他沒留下錄音，為了讓自己一直記得那些歌，所以我一直都會哼著。她說著，以無名指上戴有戒指的左手勾起杯子，將剩餘飲料喝盡。

「把不能忘的事物填入歌詞、把不想忘的事物重複又重複融進曲子裡，這就是他給我的感覺。」

他不作聲了。

但這不代表沒在思考。他有種模糊的感覺，好像現正藉著他人的口，重塑著自己。塑造的模樣，就跟在房間裡的 Fando 人像，先捏出差不多的樣子，再一點一點去修飾，然後噴上補土，最後一層一層地上了色。

「我很喜歡。」她撫著臉，以這句話作為最後的上漆。

「或許他並不知道，他的歌聲很濃烈……哈，我在講什麼啊。」

可是光是這個形容詞，卻能讓他感受到一種難以言喻的心情。

他的手從桌上滑落，落到腿上，很想舉起，卻又太沉重。他腦子裡想起幼時把蝸牛放進咖啡粉與鹽巴所混合的水沼裡，極端致命，亟欲離開，卻又離開不了。別再繼續挪動身軀，可能會比較舒適些，為何還要執意爬呢？他不清楚，好複雜的問題。

但也因複雜，腦子自動想逃避，逃避之時，又想起吉他。吉他……這時若有個弦讓他彈該有多好，橡皮筋也可以（那已是國小的回憶，用好幾條橡皮筋在鉛筆盒上綁，彈出不同的音來，不過這跟最後走上音樂之道無關）。

思考到此，他突然想問自己一個深奧的問題。從什麼時候，他斷絕了某些與人相處必要的東西？

「如果可以見到他，那該有多好。」在他還在處理這問題時，她這麼說了。思緒倏然中止，像是總算掃成一堆的黑色稠狀物，被整個丟入資源回收車。他沒回答，也不太能夠回答，回答之後是否能達到哪些效果，他一點也沒概念，只有仰起頭，呆呆望著緩緩旋轉的掛扇。

旋轉，重複。

現在要再去追上「好友」，恐怕來不及了。也不打算再去追，他們已經出發了。到了屏東，搞不好會成為那裡的駐唱，在屏東扎根，與純樸的陽光兒女結婚，不再回首。

而自己呢？或許該買新的手機。買了之後，嘗試把家裡的電話號碼回想出來，多試幾次，總會有辦法從腐植質中攫出，鑽石也是在灰礦中採出的。

在做這些事前，他先把飲料一乾而盡。

「好喝嗎？」她問。

「好喝。」他回答。這回答很坦率，連自己都訝異。

渴的時候，什麼都是甘露。他說不出口，認為這句話說得還不到時候。

當杯子重新放回桌上，宣告了樂團最後一個二拍音，指揮將轉過身向眾人鞠躬道謝。離別的分界當然不是這麼精準的事情，可是當第一個掌聲響起，即便不是最好的時刻，都會有人跟著領頭羊，她當了跟隨者。

「要回去了？」她問。她知道留不住這個人。

回去哪裡？他也想問自己，或者問向女老闆，但並沒這麼做。因他知道這問題只會加深不必要的黑色，他僅微笑。很久，沒有這樣微笑了。

只是很簡單嘴角揚起。那種心情上的變化，實實在在無法說明。

「謝謝。」大概只能應這句吧？

「以後常來，會算便宜點。」

「嗯，會的。」這回應是否是他第一個謊言，他不清楚。

「如果哪天你遇到他，能跟他說我很想他嗎？」

「嗯，會的。」同樣的疑問，這或許也會成為謊言？是第一個？還是第二個？或者都不會是呢？當選項與可能性具兩者以上的組合時，一切就複雜了，然若全數拆開，題目又簡單許多。

無論如何，他覺得心情平靜了，一口氣，某些東西被掃清了。

他離去，並沒回頭。

深夜，回程，交通工具選擇捷運。這天，他頭一次感到捷運的親切。在這時間點，索性隨意讓自身的惡劣嶄露無遺，大方地坐在博愛座上，感覺一股沁涼的暢快，看來這位子整天下來，都沒人坐啊。

回到臺北橋，街道已然熄燈，那紅招牌的遊樂場靜了，黃招牌的卡啦ＯＫ無了聲響，也沒公車在這時載客，又或許是僅剛好沒碰上而已。走進住處所在前，他望向街口的警察局，發覺自己不再對那對翅膀有企圖，轉而有種想擦亮那些辛勤員警坐騎的念頭。

但這些偏激都隨著重新扶起自己的機車、擦拭旁邊那滿是灰塵且被寫上難看字眼的坐墊、進了鐵門、上了樓梯、回到房間內歸零了。一入房內，他把所有衣服都褪下（感覺像撕下皮），將身軀沒入滿是灰的床，仰頭沉睡。

他蜷在床的一角，動也不動，好似死透了。

窗外的陽光落了兩輪，都不見半吋翻身。直到第三天，他才突然伸出了手，猛然抓起已壞的手機，而後起身。

呼了口氣，起身的第一件事，直直走進淋浴間。

所幸淋浴間這幾個月來都沒用，仍很乾淨。打開了水龍頭，讓其先吐出黃色的水，再淋透明的水，從冰冷的水，澆到熱水，再從熱水，沖到溫水。

在蓮蓬頭灌溉下，他突然很想唱歌，他突然憶起在那最後一次在西門町所唱的那首歌。是什麼樣的心情寫下那首歌的？

想起了，很突然。不過是一時失志、女人離開、父母反對唱歌，僅這麼簡單的原因，卻讓自己醉了好幾年，讓自己陷入這樣的監牢好久好久。

好傻。好蠢。

接下來會唱出什麼樣的歌，他很清楚。編過很多的歌曲，就這首記得最清楚。

他唱了：

我甘願當個受刑人，處在這沒有鑰匙的牢門
無人限制我自身，可是我卻甘願為妳奉獻靈魂

我甘願當個受刑人，處在這沒有鑰匙的牢門
無人囚住我莖根，可是我卻情願因妳枯竭銀河

妳曾給予我的是傷痕，不代表從未許諾永恆

受刑人

我曾帶來我們的疲奔，不代表從未依偎安穩
我從未想過下個更好的人，但為何答覆都是如此冰冷？
一日，數日，三五更。
一月，霽月，夜更深。
我曾經期待推開共攜的門，但為何輕易允許承諾陷淪？

每字每句對我存在的勾勒，漠視與無視總燒得我心焚
一分，三分，無間隔
一時，永時，就此分
不曾回首背影街燈在昏沉，早知不再有誰親吻我靈魂

我甘願當個受刑人，處在這沒有鑰匙的牢門
沒有人限制我自身，可是我卻甘願為妳奉獻靈魂
我甘願當個受刑人，處在這沒有鑰匙的牢門

沒有人囚住我莖根，可是我卻情願因妳枯竭銀河

我甘願當個受刑人，寧在妳殘留的袖依存……

歌詞平庸，旋律很重。歌詞記得，旋律卻換了。他試著換成輕快的曲調。偶發想到泥娃娃的歌詞配上結婚進行曲的調，他笑開了，這笑聲不適合配修圖。

而後，他嘗試性地加了新詞到歌中。

「Smiling together、Will be together……」

意外地合適，意外地諷刺。

很久沒這樣暢快地歌唱、淋浴了。他很舒坦。仰起頭，他思索著，倘說不可視的高空真有雙眼睛看著他，呼了口氣，他真想對那雙眼睛說——他突然覺得自己可以了。

不是・斷面

飲盡易開罐裡最後一口啤酒，斥克大嘆一氣，讓口腔裡濃濁的氣味散進鄰近環境。他正靠在街口，仰著天，任隨橘紅的天色映出他憔悴的輪廓。

「……為什麼呢？」他喃著，除了自己的影子，身旁暫時沒其他會動的影子。

「為什麼世界沒有滅亡呢？」斥克沮喪地嘆道：「為什麼世界沒有在那個時候滅亡呢？如果在那個時候就結束了，也就不會在這無端的『斷面』上了。」二〇一二年十二月二十一日，他指的是這個時間，

「還未滅亡，因為還未有必要性吧？」彷似回應斥克的疑惑，非九提著綠色手提袋從另頭街角繞了過來，掏了掏袋子，從裡頭抓出一包菸，扔給斥克。

斥克先是一把接住，瞅了一眼，拆開包裝，把裡頭的菸全倒了出來。尼古丁化作實際的黑色液體，斥克任隨尼古丁流得滿地都是，滲入柏油路隙縫間，轉變成一隻隻水蠆。

「不，戒了，就跟談夢想一樣。」對斥克所說，非九晃晃腦，並不以為意，只

再從袋裡取出另一包菸。正準備從口袋取出打火石，新的那包菸被斥克一把搶過去，粗魯地撕開包裝，把菸倒進滿是黃牙的嘴裡，大力嚼了幾口，啵啵吐出幾個灰色的泡泡出來。

對於斥克粗暴的動作，非九沒有生氣，生氣是不必要的。

「誰能告訴我，為什麼世界沒有末日？不是大家都吵得沸沸揚揚？」當泡泡都吹完了，斥克埋怨地喊道。順手就把手上的易開罐擲了出去。罐子咚地撞上牆面，反彈落到地上，轉震了兩圈，無數的蟑螂從罐口蜂湧竄了出來，嘰嘰喳喳地慌張動作，輾碎了不少自己的同胞。

「一九九八年一次、二〇〇三年一次、二〇〇八年一次、二〇一二年一次！每次除了讓新的科幻災難電影賣座外，什麼也沒有！搞什麼！努力捱到現在，不就是為了見證末日，我要在這裡譏笑那些愚昧的蟻群巢穴如何逃竄。到底要再讓我期待幾次？失望幾次？」滿是血絲的雙眼，斥克大喊著。

非九呵地一笑，從另一隅搬來桶子，又從口袋裡取出螢光色的手帕，隨意拭了幾下桶面，亮得暫時取代目前尚未發亮的街燈。

「原來還在期待二〇二〇年擊敗虛偽三位一體的說法，或者二二八〇年的終結說，現在看來應該也是不可能的……」相對於非九的冷靜，斥克沉重的聲音相對顯得無精打采。抓了抓枯褐的頭髮，任隨風吹得指尖遺絲同蝙蝠出洞般飛去。

「二〇二〇年都還沒到，二一八〇年的滅日預言就誕生了……世界什麼時候毀滅，該是由至上者決定，人類巴望取代至上者嗎？」斥克如此嘲諷。

「非九。」沉默一會兒，斥克抬起頭，嗓子喊了身旁穿著藍帽T的非九。

「為什麼？為什麼需要活著？長得縱使再英俊、再美、死了也不是一蹋糊塗？成了蟲食。再會演戲，也演不出人生全數的戲，細小如蛛眼都能知道這件事。為什麼大多數的人還是選擇汲汲營營追求有限？去創造偽證、增加自己的價值。證照、證書感覺好像代表了什麼？確實代表了些什麼，可是若把這些一字擺開，是不是又證實了只會這一些？對……還有錢，錢這種東西，在末日將來臨、銀行將倒閉之下，存款的多寡不過數字的問題而已。」

非九聽了，呵了一聲，並未直接否定。非九很習慣斥克那種疲倦的聲音，也能理解那些聲音裡所蘊含的情緒，就像素食者聞到肉味那般敏感，就算不清楚語意，也能跟上斥克的頻率，就是那般自然而然。

「在這些可能滅頂的事件出現以前，每個不必要的證明、數字都有可能與米粒同價。」回答的角度，也非常自然，非九知道怎麼引出斥克的情緒。

「我知道！」斥克大吼。

「所以呢！人類賴以為生的價值根本不需要這些冠冕堂皇的東西，為何人類要受這些被建構之物限制？一群虛偽的甲殼！分數、時間、金錢——我知道這些對於絕大部分的人來說，是最有價值的，但『價值』都是人訂的！由彼此平衡相抗的信任構成！倘若今天突然有個大國開始用天牛鬚當貨幣，天牛的價值馬上就高了！」說到這裡，斥克不禁乾乾一笑：「十根天牛鬚換一籃高麗菜，多美妙！」

只是再過幾秒，他的臉又沉了下來：「……抱歉，我太激動了。」

「並不會。」非九安慰：「你剛剛所說的，只是最簡單、最基本的問題而已，並未超出普遍理解的範疇。」說著，非九從袋中取出原子筆，讓筆端勾住斥克的視線，朝電線桿上的麻雀拉去。麻雀的腳爪旁有隻蝸牛，蝸牛角上有兩隻塵蟎在相鬥，嚷著幾枚礦物質的使用權，塵蟎完全不知剛掃盡四座穀倉的麻雀在笑什麼，也不知道牠們所在的電線桿上鑲的全是藍寶石。

「看不清自己所在立場與環境，所以我才要說，這真的很讓人絕望啊。」斥克又嘆了一口氣。

「真實的事物還未看清楚，虛偽就像怕極被看出是虛偽那般忙著覆蓋上來，想停止又停止不了，這是大時代的趨勢，不是幾枚礦物使用權的我們所能決定。就算這樣，為什麼還有誰急著想去創造新的時代，或搶著把他人所創造的虛偽蒙在自己的眼睛上？噢，瞧！要結束了！」斥克興奮地將右手食指指向電線桿。

麻雀把蝸牛叼進肚裡，化作一條蛇，纏到埋在電線桿底下的樹根去了。那端現場只留下逐漸變乾、蝸牛曾經優游滑過的輪廓。

非九很清楚那句「結束」有著一語雙關，一方面指著蝸牛與塵蟎的世界滅絕了，另一方面指著斥克所期待的世界的末日、終結。

當發覺這種「結束」不過是自我安慰，斥克發黃的眼睛稍閉，頹廢像個老人：「我很想結束……可是沒辦法啊。」

就在這時，一名穿著似是上班族的瘺臉男人走了過來，他睜開原本閉起的那隻眼，瞄了斥克一眼，驚異地打量這坐在街角的骯髒。

破舊泛黑的白襯衫、磨得很有性格的牛仔褲、外加上不搭的鮮亮紅色帆布鞋，又望了望斥克身旁亮得出奇的反光桶子、以及上頭所放的有字木牌，最後是斥克那絲毫不管他人他物、不知為何不斷持續的自言自語。

上班族皺了皺臉，掏掏口袋，取出幾枚銅板，扔到斥克鞋前，碎了幾句，隨即轉身離去。銅板叮噹噹啷地響，響出幾撮火花，燙得斥克沉重的眼皮彈了開來。

斥克瞪了幾眼那幾枚亮東西，不知怎地一股無名火忽地冒了出來，不由分說，隨即朝那上班族撲了上去，啥都不解釋，即是一陣猛打，打得那男人全身的衣物無一經緯，軀體化作黑色青蛙嘓嘓地倉皇跳走。

斥克也不追，只坐回原地看著那漸行漸遠的蛙影。當黑蛙好不容易跳到馬路中央，就被疾駛而過的砂石車輾過，壓出許多如拌入櫻花的粉色鮮奶油。

待那讓人無奈的結果出來，斥克便將地上散亂的衣服揉成一團，用力捏出那個上班族錢包的模樣。

「大勝哪。」非九讚嘆。

「才沒呢。」扳開錢包的瞬間，一些粉末隨風揚去，有些散到斥克的褲子上，但他並不在意。

「就說吧。」斥克冷冷一笑：「人吶，就是喜歡將毫無價值的偽物作為精神的食糧，瞧瞧！這個放置最重要之物的夾層裡全是安非他命，這人用這些來安慰自己，用虛偽的幻象來脫離虛偽的世界，這或許就是他下半輩子的渴望。可是對他人而言，不過跟掉到地上超過三秒的菜香屑差不多，毫無價值。」

再一陣風，白粉全如錢塘江的浪花般飆潑了出去，僅存夾底的鈔，斥克將裡頭鈔票抽出一一審視，幣值參差不齊，紅藍參雜，中途還夾了幾張粗糙的黃紙，是銀的。

「沒用，這些東西一點也不能吃。」說著，再把裡頭的身分證抽出來借非九笑了幾下，興趣便蕩然無存。

錢包從斥克手上掉落，在柏油路上激出一波雪花，很快就化成一攤腐葉，被簇擁而來的蚯蚓強啖殆盡。

當斥克所謂無意義之物消失後，眼神又恢復成原本的失落：「人類，真是無趣。」

「又怎了？」見斥克嘴裡吐出幾個碎字，非九詢問。

「就算錢包消失了，我依然知道錢包曾在那地上，我並不能把吃了錢包的蚯蚓當作錢包看待。可是……為什麼要朝拜刑具呢？原本代替世人負罪的真實軀殼早就不在上頭了，或許打從一開始就不在上頭，因為那真實軀殼早就帶著所有人類的罪孽而去。真正該仰望的早就存在於所有人類的靈魂底心，何必跪一個刑具？說個實在點的！這就是矛盾點了，人類真的很矛盾。人類一邊強調唯一性，一邊創建更多得以代表那唯一性的刑具、代表物，這麼多的唯一，倘若裡頭的精神出現分歧，誰才是『唯一』，或許沒有哪個誰能夠明確知道吧……瞧瞧街頭嚎哭的流浪犬、翻翻化糞池中的戒指，誰不曾是唯一？」

「不管『唯一』是否『唯一』，人們要的是那精神？」隨著路過的臘腸狗汪地一聲回應，非九從綠色手提袋內取出飯糰，咬了一口後如此說道。

「真籠統的回答！」斥克大嘆一聲，不滿地牢騷踱了幾步。

「人類的極限，難道就停滯在這裡？」垂下雙手，斥克的聲音轉為低沉。

「停滯？說的也是，人類喜歡囚禁自己……對！囚禁在囹圄，這說法很貼切，受到封鎖之後，找不到缺口！人類看不到、聽不到，所以才用想的，想著某個路標、某個正確的道路、指引的方向——心目中的邯鄲。

有些人想到了，所以就繼續構思、構思出一套邏輯。有些人沒想到，可是也急著想知道些什麼，發現別人有了現成的，非常好！所以就套用了，當作是自己看到的真相。噢，太完美了！何等美好！何等至上！一個月有十萬入帳！入帳個鬼門關！這種思維簡直是層斷面！多麼像是觀察著水族箱裡的魚群，自以為優游，實際上是被套在一個圈子裡而渾然不自覺。在這圈子裡自顧自地把邏輯調適、同化，組成相互堅固、鐵牆般的規則，好棒的玩意兒，原來如此！」

斥克似乎很滿意自己的觀點，用兩聲大笑稱讚自己，可是非九卻搖搖頭：「你太悲觀了，那精神不該是能被你這樣調侃的。」

「是啊！我確實悲觀！」斥克沒有反駁非九的話。

「可是我的悲觀是建立在我很明確知道終點是什麼、在哪裡，又是搞什麼、到達前會經過幾個駐口，沒有其他可能性。這才是最踏實的悲觀，所以才……」然斥克話未說完，一顆彈珠從對街的公園滾了過來，停在斥克的腳邊。

「這種可能性，你也有料到？」非九微笑，引著斥克的視線到一名晃晃走近的小女孩，那小女孩是跟著彈珠在地上擰出的碳痕而來的。

斥克無言以對，嘖了幾聲才咿呀開口：「確實不知道她如何而來……她的開頭，但我很清楚她的終點。」

小小的女孩越走越近，身體也逐漸長高發育，當到一個定點，胸口開始隆起，五官挺了起來，頭髮漸之發長，可是當左腳一踩到馬路中央乾掉的蛙屍，臉頰便開始發皺，脊椎開始向下駝，頭髮變灰脫落。當到斥克想對她招招手時，已然敗壞成一張赭紅色的手巾。非九小心地撿起來，收進綠色手提袋裡。

「我想，你早就知道我下句要說什麼了吧？」

「嗯。」非九頷首：「你想說，終點就是死亡？」

「哈！還差一點！」難得非九有無法解釋的部分，斥克感覺非常有成就感。

「所謂的終點，比起死亡，更該說是『飽和』，那個小女孩的生命已經受黑塗染到『飽和』了。」

非九遞上新的一罐啤酒，等斥克喝完後再繼續聽他說。

「簡單而言，如果說生命的開端是白紙，就算是再大張的白紙，只要不斷輸入黑墨，到終點時，任誰都會成了整團的墨，純潔無瑕的黑，黑到乾淨的情況，不就跟初始沒有不同？」

「嗯。」非九頷首。

「好，我知道你要問倘若那些尚未灌入完成或荒唐度日，沒有灌輸應灌輸的生命叫做什麼。這問題不用急，也不用想這麼多，因為一進到世界——應該說打從那個存在進入生命的體系、規律了呼吸，就已經被強押灌進大染缸裡，打從一開始就不可能全然空白，打從一開始黑就會慢慢滲透到白紙裡，就算什麼也不做也一樣。」聽了斥克這番話，非九低頭思忖。

「所以……正因為不管怎麼做，都不可能避免虛偽、不可能讓稱作生命的白紙不染黑，所以你才會這麼期待末日嗎？追根究柢，既然任何事物不管如何掙扎，都終將結束，與其繼續讓虛偽的事物繼續推演，還不如直接放棄、直接切斷？」非九彎下腰，將斥克腳邊的彈珠撿起來，再把袋中的紅巾抽出，包住彈珠，接著往公園的方向扔了出去。紅巾變成一隻紅色的琵鷺，往晚霞的天飛去。

而聽到「生命」這字眼的斥克，則開懷地拍了兩下手：「難道你沒想過嗎？一切的末日、死亡、毀滅，這可是人類崇仰的一大信仰啊！」

「你這樣隨意解釋，小心被除去喔？」

「有何不？有何不好！」斥克站起身，將雙手高舉：「何不死，何不亡？何不結束？何不快點草草終結呢？當人類覆滅後的那個未來霸主都興奮地甦醒了、都在等待了。與其繼續受無形的蒹葭纏住，壓得好沉，還不如盡早接受審判，審判之日為何不快點到來？來呀！快來審判我！審判的天秤快降到我身旁吧！

「吵死了，瘋子！」上頭的住戶猛然扯開窗戶，倒了一桶水下來，淋得斥克滿身都是，被這麼一淋，斥克冷靜了。滴滴答答，呆傻半晌，斥克才吞吐開口：「我感覺我被天上的怒水認同是賢人了，沒錯，雷鳴之後，都會下雨。那麼，我的學生呢？」

「喵。」路過的貓回應。

「謝謝。」斥克禮貌地報以回禮，脫下鞋子，拔下幾根腳趾，餵給貓吃。看著貓津津有味地吃完離去，斥克斂起微笑，撥開漫亂的頭髮，抓一抓，把水氣嚇跑，沒過多久，頭髮便恢復成原本的稻草枯。

「非九，我跟你說一個秘密，你不可以跟別人說。」

「嗯，一定。我一定會跟別人說的。」

「從前，有隻被海浪拍到沙灘上的螃蟹，那是一個滿是酒瓶、木塊、紙屑、碎貝殼、鐵屑的沙灘。」

「我都說會說會公開這個秘密了，你還繼續說？」

聽到非九的疑惑，斥克毫不在意的繼續說：「這個螃蟹以為這個沙灘就是牠的歸屬之地，因此就算被原長久棲息在此地的其他動物冷眼與鄙視，牠還是每天努力清著這個沙灘，就算沙灘上的廢物依舊逐日遞增，就算沙灘沒有足夠牠吃的食物，牠還是努力清著，呵！累了牠自己，沒有誰看到。」

「真是個悲劇。」

「後來有天，螃蟹累了，到消波堤上休息，就被什麼事都不做的彈塗魚告密了，憤怒的沙灘就命海鷗啄碎螃蟹的螯足。」

「你想表示的，是你累了嗎？」

看著毫不在乎捐贈形軀一部分，又說了這段話的斥克，非九默默問道。而後，遞給斥克一個飯糰：「足夠了，快點回現實吧。」。

斥克接過去，大咬幾口喊道：「什麼現實？我一直都在現實啊！」

斥克抬頭望向天，又看往高聳入雲端的高樓，無數燈火通明的高樓，比起晚霞更加耀眼，有一大樓是腰低的，趨近呈現逆U的形狀，頂端都快貼近地表。有些謙虛的頭過低了，低到亟欲撞斷身旁的子樓。

「我一直在現實啊！」斥克對著非九重複地嚷叫，手一擺，剩餘的飯糰落了滿地，落成了幾朵小花。

「我很清楚自己在做些什麼，也很清楚我是誰。」握緊右拳，斥克這麼說著。但非九只靜靜地看著那個扁得很有特色的蛙屍。蛙屍已被一群蠕蠶包覆，爭先恐後地啃啖著，啖飽後，立刻吐出絲成繭。啵！吐出一根又一根的髮髻和梳子。

髮髻和梳子轟轟地飛到人家家裡頭，其中一把掠過斥克頭上，飛到方才潑水人家那兒，可惜窗是關的。髮髻在窗上咚咚敲了幾個坑，甚至摩擦出些微火花，不見緊閉的窗開了點小縫，髮髻只好落寞地飛到其他地方去了，中途被其中一把梳子撞落，跌成了蛙腿，落回地上。

看著這景況，斥克又大嘆一口氣：「回到現實……就算我想，也不可能。」

「怎麼說？」

「非九，讓我終結吧。」

「為什麼？」

「現在我只是張被亂塗一通的白紙，既無法把白紙弄乾淨，也沒半點畫筆的權利，這能什麼代表意思？」

「倘若……現在終結了，你將會連自己是否有張紙都不會知道。」

「我知道，我當然知道。我也知道，就算選擇終結，也不會有什麼結束。」斥克狂傲一笑：「我期待全數的結束，不再有新的開頭，我的腦現在是清晰的，沒有紊亂，我不是胡言亂語，我很清楚我在說什麼。來做個證明，我相當清楚我為什麼會在這裡，為什麼只能一直瑟在這個巷口，我全都一清二楚。」

「……嗯？」聽到斥克這麼說，非九難得露出好奇的表情。

「我當然知道，我原本以為只要跳進井裡，什麼事都不會有了，會將自己的存在忘了、逍遙了。我當然知道，會選擇這麼做，是因為我是個被計算的人，在他人限定的分數、時間、金錢下所欺騙的敗者。當我一落下去，誰知道我竟然會落到這個地方。停了，全都停了，在這裡所有都是停滯的，非常詭譎，時間會動，但實際上沒有在動，物體會動，可是任何物體都能隨意改換時空。我知道這裡就是『斷面』，就像被折斷的刀子上的斷面……是刀子的一部分，卻不是形成刀子定義的一部分。我還能思考，但我卻不能知道自己是否活著……不知道自己究竟是存活，亦或絕望，不知道自己下一步會是如何，不知道自己究竟該如何是好，任誰都會想要終結世界的一切。」

聽到斥克這麼說，非九沒有過大的反應，依然微笑。隨手一撥，一隻蜻蜓停到非九的指尖上，化作一朵向日葵，又隨著風，花瓣飛散而去。轉過頭，非九對斥克說道：「你可以把這裡體會到的所有感受，都化為自己『真實』的一部分。」

「我無法認同！」斥克大喊：「沒錯，我所說、所看、所做都是真實，同時也都是虛偽的！因為在現實世界中，什麼都無法呈現。確實我會感覺喝醉，我會感覺到自己拳頭的溫度，心跳也能清楚感受，但誰能證明這種感受是真的？如果這些感受本身就建立在虛偽，那麼說再多的『真的』，結論當然還是假的！是啊，即使說都是假的，感受到的都是假，可是這些假連結成一串串、相連後又再相連，就不會是片段的。連續的謊言持續編撰，也會成為真正的事物。只要沒有誰從斷面外去釐清，任誰都不會知道那不是真實。所以，這才讓人無法認同，無法再持續。」像是滿足了什麼，斥克呼了一口氣：「所以說，為什麼世界沒有末日呢。」然後，又是相當無力的一笑。

「會說這麼多，也許只是因為疲倦吧，或許只是在鬧脾氣，世界並不是我所想的那樣，也許根本沒有終始，打從宇宙出現之時，整個世界就在斷面上了。當然沒有誰可以跳脫這層斷面去釐清現實。」

「你盡力了。」非九默默說道。

「所以說，末日不來，我自己來。」斥克這麼說道。

非九別過視線，不再看著斥克，非九知道誰都阻止不了斥克了。

「嗯。」非九搓了搓袋子，搓成了一把刀，抿抿嘴，便把刀插入斥克的心窩。

只見刀一碰觸到斥克的身體，立即化作粉末，散出如同硫磺般濃厚的味道。

看著紅色的液體從胸口淌了出來，在地上基成一攤水漥，斥克很滿意地微笑，純紅色的血裡頭有著幾隻死的蝌蚪，水蠆從水溝中拼命竄出，啃食的模樣，比照了方才一大群蠶大啖蛙屍的模樣。

斥克看著自己的身體旁出現的這些景象，眼神異常地明亮光彩，好似從未看過這神奇東西的小孩。原來自己身體擁有這麼多能夠蘊化生命的能量。端看這些蘊化的力量，斥克突然湧現一股感動。

沒想到決定終結自己之後，還能再選擇一次。會坐在這個地方而不到其他地方，不是無法，是沒有這麼做，斥克讓自己停滯在同一個點了。就算停滯在同一個點上——宛若不管人們的精神是停滯在虛偽的還是真實的，無一刻是停滯的。

斥克開始想著，當血流光時，這個軀體會變成什麼呢？會如同那個痛臉男人那樣變化，或者像那個小女孩般輪迴一圈？

「喔，我都忘了。」斥克重重嘆了一口氣：「血液裡面有鐵的成分，難怪會這麼冰冷。不，這兩點沒有特別串聯的觀點吧？就跟……就跟什麼一樣呢？哈，就跟與你談得很開心一樣。」

「不會。」非九搖搖頭：「睡吧。」

非九靜靜地說道：「倘若能夠清醒，清醒之後，或許你所期望改變的事物依然沒有改變，但至少——就算你在這斷面上體驗到的是停止的、沒意義的、空虛的、虛假的種種事物，在你真實的感覺下去，這些虛假，也都會是你真實感受到的，而不是斷面。」

Truth・後

——在崩毀之後重建，又將重建的拆除，再度建造新的上去，這並不是虛無的行為，而是體認真理後，必然的軌跡。

那身影在我面前褪去白色的連身裙及黃色的細皮帶，穿上與我完全相同的服裝，白色的西式制服、亞麻色的制服外套、深紅色的領結、孔雀綠的百褶裙、黑色的過膝襪、黑色的皮鞋。著裝好後，帶著一抹具有深意的微笑，走到我的面前說道：「在有限的平面上，妳是走不了的。」

「這次又要說什麼？」對於那身影的出現，這一次我不再驚慌，而是冷靜地對應。

「我想說的是……」那身影也不疾不徐：「我們似乎又見面了。」

那身影……一樣的臉龐、一樣的髮型、一樣的身高、一樣的身材、一樣的聲音。對面的「那身影」就是「我」，同樣的，我也是那身影。如同鏡子、又如同倒影，我確確實實就在「我」的對面，正露出與我不同的表情，以及不同的動作出來。

不用任何誰說，我知道我又沒入了我與「我」的世界，但我不知道到底是如何進來這個世界，又不知是什麼樣的條件下達到的。我只知道，放眼所見的環境與先前的不太一樣。

天空中沒有顏色，並非是純淨的白色或覆蓋的黑色，就僅是單純的無色。周遭漂浮著許多方塊與扁平的圓圈，當我想揮掉那些太靠近裙邊的，那些漂浮物卻都會以相當巧妙的方式迴避，碰也碰不到。

在這樣的環境下，那身影在我對面兩腿輕併，悠然坐到一張骨頭做的椅子上。我看不出是什麼動物骨頭做的。只知那身影以同於過去的口吻對我說道：「坐下來，我們再來談談。」

聽那身影這麼說了，我做出拉椅子的動作，一張由白色繃帶所構成的椅子便出現在我的手邊。我不加思索地坐了下來，稍定定神後問道：「妳來做什麼？」

「這句話有瑕疵。」那身影並沒有直接回答我的問題：「我是妳，妳亦是我。那麼既然如此，為何還要用『妳』來稱呼我？」

「很抱歉。」對於那身影所說，我找到回擊的論點：「妳也用了『我是妳』這句話之中用『妳』字來形容我。」

「意思不同，我所稱呼的『妳』就是妳，而妳的『妳』而是除自己以外的其餘個體。」

「……我不想玩文字遊戲。」與那身影辯駁是取得不了任何優勢，我直接放棄辯論。

「這一次，妳來做什麼？」

「我來這裡……是來證明『妳的存在』。」

「我的存在？什麼意思？」我小心翼翼地發問，以免又掉進語言陷阱。

「先詢問，對於妳來說，『存在』一詞是什麼意思？」

「看的到，或摸的到，或者得以感受到的什麼。」

「看來……妳的存在只存在於『虛幻』之中。」

「什麼意思？」依反應看來，我的回答未達到預期的效果。

「可曾閉過雙眼，而後『看到』一片黑之後，還存有些許莫名的幾何色彩物件，在腦海飄動？」

我知道那身影指的是什麼，可是這不是我的專利，很多人都能做到的。

「如果妳點頭了，代表真如我說，妳的存在已經侷限於自我的虛幻中了。」

我不能理解這句話的意思。

「這句話是開玩笑的。」

我不認為這句是在開玩笑，我很嚴肅地思索。

我認為，那身影的意思是指我被那句話的指令所侷限了，那身影故意說了雙眼閉上後能否看到「幾何色彩物體」，但實際上沒有任何的誰可以說真看到什麼，或者只限於「幾何」。所謂「侷限於自我」或許就是這個意思。

至於「虛幻」，指的是我活在那身影人假設與定義的世界裡面而不自知嗎？

「讓我來試著引導妳的思路，妳在這個環境裡所看到的種種，實際上都是妳自己所想的。」

「這我知道。」畢竟這裡的所有，都是「我」。

「說是這樣說，但這個環境裡的所有素材，都是來自於外在，妳只是將外在的一些特定要素，組合在這個環境裡而已。」

「這我也很清楚。」

「妳認為妳掌握這個環境了嗎？」

「一半，畢竟還有妳。」然而，我話還沒說完，我坐的那線構成的椅子倏忽崩解，我因此跌在「地板」上，但不會痛。

「妳認為自己跌了嗎？」那身影問道。

「妳不是有看到嗎？」

椅子崩解成一攤的綳帶，經重力引導，我當然跌到了「地」上。

「妳跌在平面上，但是——這裡並沒有地，只有空間。天空也可能是地，漂浮幾何圖形的地也可能是天空，我們正踩在天空上。妳沒有『跌』，哪裡都不能算是『跌』。」

「我知道天與地是相對的概念，可是沒有地的定義，怎有天的仰望？在下降之中的最下層，不是地還是什麼？」

「宇宙有地嗎？」那身影張開了雙手：「空間之中本是沒有地的，地的規劃是因自我拉攏的原因。事物與事物的存在是相互循環螺旋而成。主觀意識對妳說太多的話，使妳侷限在自己為自己所創造的思緒與情境中。再加上，妳只將除了自我以外的所有一切都歸分為『他者』，連自己也不例外。」

頓了半秒，那身影繼續說：「我會說妳活在『虛幻』之中，是因為妳對事物的建構，只用留於妳心裡頭的那些素材組成。組出來的事物到底是不是真實，妳並不在乎，妳只在乎這些事物是否能繼續沙盤推演下去，就像妳明知綳帶不能坐，妳還是坐，綳帶散了，妳依然想著為何散了，甚至跌到假定的地上，會有這些結果，實際上最初就是錯誤的。妳該考量的，不該只有自己。」

「照妳這樣說，若是在睡眠間作夢，夢見自己或無法以邏輯理解的各種情況，不也代表處於僅限在自己的『虛幻』中嗎？日有所思，夜有所夢，人把對事物的建構帶進夢裡了。」我嘗試尋找可以突破那身影論點的可能。

但聽我這麼一說，那身影確實思索了一下，沒過多久又仰頭大笑。

「妳是誰？」稍時，那身影問我。

「我是『我』。」而我也很快地回應。

「既然妳是妳，那麼夢中的妳是妳嗎？妳能操控夢中的妳嗎？」

「有時可以。」

「那也只是有時。」那身影從骨椅上起身，並拾起我身旁那原是椅子的繃帶。

「將這椅子弄回原樣。」

「我辦不到。」

「為什麼？」那人問道。

「因為這不是我構成的。」

「夢也不是妳構成的。妳確實存在於那種情境裡，夢也確實因妳而產生，但這並不代表妳能全然掌握。」

「但那些都是我『做』的。」

「妳會呼吸，妳會走路，妳會看東西，妳會聽聲音，確實都是妳在做，確實是以妳的意識去做的，但那都是妳嗎？」

那身影這麼說了，但我卻不知該如何回應那身影，我只能相當相當狼狽地回應：「那是生為『生命』的表徵而已。」

「沒錯，妳說到重點了。『生命』——妳擁有『生命』，但『生命』不擁有妳，這個生命不是因妳而起，既然最初始的建立原則都不來自於妳了，妳還能說接下來所產生的種種行動、反應、思維都還是妳嗎？妳所能掌握的，才是妳，妳的夢，只是非自主運作的其中一部分，非妳個人的全部。」

「所以……」

「存在並非單一個體就能指稱為存在，畢竟沒有相對應的指稱者，這樣的存在是無法認定自己為存在的，存在是有多數集結所構成。」那個身影侃侃說道。

「但妳既然說了存在是由多數集結而成的，那個體還有存在的價值？」聽到我這麼一說，那個身影再度發笑了。

「妳沒聽清楚嗎？」

「聽清楚什麼？」我疑惑。

「任何事物都是由數個微小個體所構成，世界當然由無數小個體所構成的巨大個體。既然如此巨大的存在都能稱為『個體』了，那麼最微小的單一個體不能稱之為『世界』嗎？妳所能掌握的『妳自己』，便是妳個人的世界。」

「說到底，妳所認定的認定素材，不該只有妳認定的那一些。」

「換句話說，妳說妳想證明『我的存在』，就是要跟我提這個？」

我試著扭回原本的主題，而她從骨椅上起身：「已經可以了。我所想證明的事物，在開始對話前，就已經證明了。畢竟當我出現時，正也代表了妳並非永遠都封閉在自我之中，而是仍有敞開的可能性。」

當她這麼一起身，骨椅就崩解了，一塊骨頭套入一個扁平的圓圈。

「既然如此，為什麼又說我存在於『虛幻』之中。」

「告誡。且如果沒有這般循序漸進，妳能馬上理解妳就是一個世界？」

當那人這麼一說，我的左方隨即升起了黑色的太陽，右方則顯示了白色的月亮。那身影看到如此光景，便微微一笑：「確實，當我能夠理解時，表示妳也理解了，差別僅在把果實從左手將傳給右手，僅是如此。」

那個太陽與那個月亮同時移動，開始逆時針旋轉。

「再妳理解了這點後，也別忘了——」

當太陽與月亮有了動作，世界開始有了色彩，不只七種色彩。

「無堅不摧的定律，必定是由無堅不摧的定律創造者所破壞。」

說著，那人鬆開了手，讓那條繃帶纏繞每一塊骨頭，構築成新的一把椅子。

「除此之外，妳必須注意——依然不能只執著於這個結論，因為當妳一固著，那將再度成為侷限自我的虛幻，而非真理。」

後記

「匣」，意指「收藏器物的小箱子」，亦或「牢籠、囚牢」。匣，得以代表某個具體表徵物，也有可能是抽象的隱喻，收藏著某一珍重的事物，或受困於其中而不自知。

每個人都有僅屬於自己的的「匣」，無論尋獲與否、開啟與否、開啟之後，最後留下的會是希望？還是絕望？唯有開啟者誰才會知道，無人得以代替。

本書正是藉由三十一個篇章，嘗試闡述每個主角、同時也可能是誰不經意的配角，開啟每一個僅屬於他們的「匣」，以及經歷僅屬其自身的課題。

這些課題的素材，不諱言的，並非全然都是真實，也並非全然是虛偽。真實藏匿在隱喻的場景，虛偽包覆在無聲吶喊之外，真實可能為斟酌劇情而改寫虛構，虛假也可能從旁襯托出真實的必要條件。

而這些素材的來源，更不諱言的，是 LPR 以第三人稱的角度，匯聚近十三年直接或間接觀察、記錄下的種種，亦包括己身的悲喜怒愁，審視那些永不可能忘卻的場景、畫面、數字、意象、人事物，並反覆堆砌、琢磨、搗碎、重鑄，最終呈於妳／你所見，必是我對這些觀察的負責、反省、思索，與決斷。

當然，此書一脫稿，所有朦朧的解析、詮釋、超譯，則全權交託讀者了。

在此，我也特別感謝——

感謝林群盛先生，若無林群盛先生義不容辭的提攜與指導，以及斑馬線文庫予以機會與協助，此書永不可能問世。

感謝方向錯亂老師繪製封面與插圖，我們共同完成了這部作品！

感謝封德屏老師，從求學階段便不斷受老師提點與薰陶，學生永銘記於心。

感謝倪采青老師，無論是間接受老師作品內容所啟發，亦或直接性推薦，無不受老師的幫助。

感謝八爪魚老師，從創寫小說之初即景仰的前輩，能有前輩的支持，讓我有了繼續前進的動力。

感謝蕭逸清老師，作家與教師雙重身份集於一身，能得老師的支持是我最大的鼓勵！

感謝何敬堯老師，無論是馭墨三城文學獎或拙作的推薦，都受您諸多照顧！

感謝安存愛老師，老師是擅長拔刀相助的朋友，請大家也多多支持老師的作品！

以及塔客協會、小說聯合會……許許多多，默默幫助我的朋友、家人，還有賜予我生命歷練的種種人、事、物。

本書，獻給過去的我，還有無論已尋獲、未尋獲、已開啟、未開啟專屬的「匣」的妳／你。

——以及，她，和她。

LPR 2017年06月

國家圖書館出版品預行編目（CIP）資料

她與她未開啟的匣 / LPR 著 . -- 初版 . -- 新北市 :
斑馬線 , 2017.06
面； 公分
ISBN 978-986-94770-1-7（平裝）

857.7 106007956

她與她未開啟的匣

作　　者：LPR
插　　畫：方向錯亂
企　　劃：林群盛
書系主編：黃馨瑩

發 行 人：洪錫麟
社　　長：張仰賢
出 版 者：斑馬線文庫有限公司
法律顧問：林仟雯律師

總 經 銷：楨德圖書事業有限公司
地　　址：新北市新店區寶興路 45 巷 6 弄 7 號 5 樓
電　　話：02-8919-3369
傳　　真：02-8914-5524

製版印刷：龍虎電腦排版股份有限公司
出版日期：2017 年 6 月
I S B N：978-986-94770-1-7
定　　價：250 元